祓屋天霧の後継者

降霊術と幻の狐

竹村優希

角川文庫
24580

目次

もくじ

第一章 -016-

第二章 -119-

祓屋天霧《はらいやあまぎり》の後継者

登場人物紹介

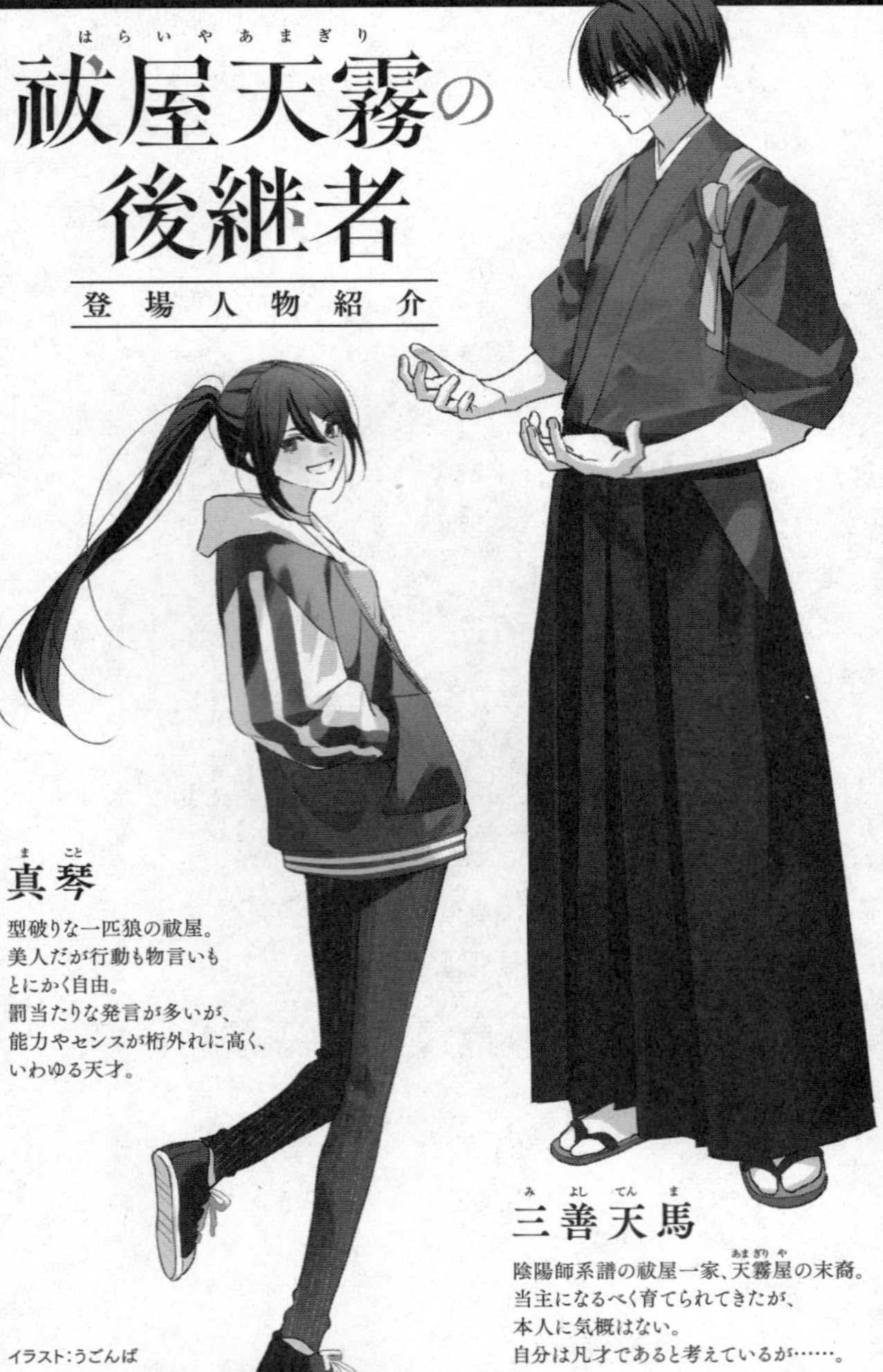

真《ま》琴《こと》

型破りな一匹狼の祓屋。
美人だが行動も物言いも
とにかく自由。
罰当たりな発言が多いが、
能力やセンスが桁外れに高く、
いわゆる天才。

三《み》善《よし》天《てん》馬《ま》

陰陽師系譜の祓屋一家、天霧《あまぎり》屋《や》の末裔。
当主になるべく育てられてきたが、
本人に気概はない。
自分は凡才であると考えているが……。

イラスト：うごんば

悪霊祓《ばら》いをする上で、祓師《はらいし》は必ず呪符《じゅふ》を必要とする。

その形状や材質はとくに決まっておらず、長い歴史の中では、貝や竹や木の皮など様々なものが使われているが、三善天馬《みよしてんま》を末裔《まつえい》とする天霧屋《あまぎり》が使っているのは、内側に祝詞《のりと》を綴《つづ》った和紙を縦に三つ折りにし、表面に天霧屋の屋号印を押したもの。

それらをあらかじめ祝詞で祈禱《きとう》しておき、実際に使用する際は最後の一節を唱えることで効力を発揮する。

「——要するに、冷凍食品をレンジで温めて完成させるようなものだ」

天馬は天霧屋が拠点としている天成寺《てんしょうじ》の本堂にて、門弟の中でもっとも幼い蓮《れん》に呪符の作り方を指南しながら、そう説明した。

「使うときに唱える祝詞が、レンジってこと？」

「ああ」

「へぇー。じゃあ、呪符をちゃんと作っておかなきゃダメだね」

「まさに。だからこそ、祈禱が重要だ。しっかり集中して呪符に祝詞の力を込めておかないと、いざ使うときに高い効果を得られない」

「そっかぁ。天馬もすごく時間をかけて作ってるもんね」

「こればかりは手を抜けないからな。なにせ呪符は、祓師にとってもっとも重要な道具だ」

　蓮にそう言い聞かせながら、内心、天馬はモヤモヤしていた。

　もちろん、蓮に説明した内容に嘘はない。それらは、天馬自身も父親やかつて大勢いた兄弟子から繰り返し聞いてきた、天霧屋の常識だからだ。

　ただ、ここ最近というもの、天馬の中でその常識が少しずつ揺らぎはじめている。

　キッカケとなったのは、天霧屋の当主の座を狙ってやってきた真琴《まこと》の存在に他ならない。

　真琴は、ある日突然、修行に鍛錬にと日々勤《いそ》しんできた天馬の前に驚く程ラフな恰好《かっこう》で現れたかと思えば、ビニール傘一本であっさりと悪霊を祓《はら》ってしまった。

　おまけに態度も言葉遣いも粗雑であり、改造したおもちゃと呪符を融合させるなど、天馬がこれまで忠実に守り続けてきた祓屋《はらいや》のルールを片っ端から壊し続けている。

　あんなものを見せ付けられてしまえば、これまでの常識に疑問を持つのはある意味当然だった。

　とはいえ、真琴が極めて特殊であること、認めたくはないが天才であることは天馬にもわかっており、もちろん、真似ようなどとは思っていない。

　流れで協力関係を結ぶことになった今も、不本意なことは山程ある。

　しかし。

「……古臭いのかもな、俺らは」

真琴の登場により少なからずカルチャーショックを受けたことは紛れもない事実であり、天馬は呪符に祝詞を綴りながら、思わず本音を零《こぼ》した。

蓮が墨で濡《ぬ》れた筆文字を団扇《うちわ》で扇《あお》ぎながら、首をかしげる。

「古臭い？」

「いや、……悪い、ひとり言だ」

「聞こえちゃったんだから続きも話してよ。古臭いって天霧屋のこと？」

「まあ、そうだな」

「実は僕ね、鹿沼《かぬま》さんに言ったの。天馬と、今度からスニーカー履こうかって話したこと」

「よりによって鹿沼さんか。で、あの人はなんて？」

「『いいじゃん』って。『変化も必要だよ』って言ってた」

「軽いな」

鹿沼とは、天霧屋の元祓師でありながら、現在は警察の公安に所属し、天霧屋との仲介役を担っている男だ。

すっかり社会に馴染《なじ》んでしまった鹿沼のヘラヘラした笑みを思い浮かべながら、天馬は思わず眉《まゆ》を顰《ひそ》めた。

そのとき、蓮がふいになにかを思い出したように手を止め、慌てて立ち上がる。

「そうだ、僕、市木《いちき》さんと菜園の世話する約束してたんだった！　もう行くね！」

「市木？……ああ、お前の世話役の」

「うん！　天馬、呪符のことまた教えて！」

パタパタと走り去っていく後ろ姿を見送った後、天馬はすっかり静まり返った本堂で、呪符作りを再開した。

結局、古いだなんだと不満を言ったところで、天馬が確実に扱えるものは基本中の基本である呪符しかないのだから、これぱかりは避けられない。

そもそも天馬にとってはさほど面倒でもなく、むしろ昔から慣れ親しんだこの作業は無意識でも出来てしまうくらいに体に馴染んでおり、たとえ他のことを考えていようと勝手に仕上がっていく。

現に、ものの二時間程で五十枚の和紙に祝詞を書き終え、天馬はそれらを眺めながら、ほっと息をついた。――そのとき。

「いやー、ほんと真面目だよねぇ」

背後から嫌味ったらしい声が聞こえ、思わず振り返った瞬間、硯《すずり》に置いていた筆が転がり板間に小さなシミを作った。

天馬は慌ててそれを余った和紙で拭《ぬぐ》いながら、改めて、本堂に現れた人物、――真琴に視線を向ける。

真琴はいつも通りのスウェット姿でフードをすっぽりと被《かぶ》り、ペタペタと足音を立てて天馬の側へ近寄ってきた。

「……なにしに来た」

一応協力関係を築いた相手ではあるが、だらしない恰好で本堂を闊歩《かっぽ》する姿を見ると、つい声に不快感が滲《にじ》む。

一方、真琴は天馬の声色など気にも留めない様子で、ずらりと並んだ作りかけの呪符を眺めながらニヤリと笑った。

「別に、暇だからウロウロしてただけ」

「そうか。じゃあ今すぐあっちへ行け」

天馬は追い払うように手を振るが、真琴はそれを綺麗《きれい》に無視し、床にあぐらをかいて座る。

天馬は早々に相手にするのをやめ、墨の乾いた呪符を端から回収した。

真琴はその様子を眺めながら、わずかに目を輝かせる。

「ねえ、これって折ったら完成？」

「いや、まだ祈禱してない。……一応言っておくが、お前にやるぶんはないからな。前に渡しただろ」

「別にくれって言ってるわけじゃないよ。ただ聞いただけ」

「……折って祈禱して、屋号印を押したら完成だ」

「祈禱はともかく、屋号印なんてオマケでしょ？　無駄は割愛した方が効率がよくない？」

「馬鹿なことを言うな。天霧屋はうちが代々守ってきた名前だぞ。呪符に記すのは当然だ」

「いや、あのさぁ……、私が思う天霧屋の古臭さは、主にそういうこだわりの部分なんだってば」

その言葉を聞いた途端、どうやらさっきの蓮との会話は盗み聞きされていたらしいと天馬は察する。

たちまち苛立《いらだ》ちが込み上げるが、その半面、祓師の常識を度外視しつつも十分な才能を持つ真琴の客観的な意見は、現代における祓師のあり方を考えはじめた天馬にとって、不本意ながらも貴重だった。

真琴は、そんな天馬の心情を見透かしているかのように、意味深な笑みを浮かべる。

そして。

「ねえねえ、古臭いことが気になってるならさぁ、進化のためにも、私の道具を試してみない？」

唐突に、そんな提案をした。

真琴の道具と聞いて真っ先に頭に浮かぶのは、源氏山《げんじやま》公園で巨大な悪霊に呪符を届かせた、おもちゃのボウガン。

天霧屋とは縁遠い蛍光グリーンの色味を思い出しただけで、軽い眩暈《めまい》を覚えた。

「道具って、アレか……」

「なにその顔。しっかり恩恵に与《あず》かったくせに」

「別に否定してはいない。単純に、見た目があまりにも奇抜すぎる」

「見た目なんてどうだっていいじゃん。それに、天馬って私の道具と相性が良さそうなんだよね」

「心の底から不本意だが、どういう意味か一応教えてくれ」

「単純だけど、受け入れられるかどうかだよ。伝統やら決まりやらで頭が凝り固まってる祓師《はらいし》だと、新しいものに対する拒絶感が邪魔して呪符《じゅふ》との相乗効果を望めないわけ。その点、天馬って追い込まれるとあっさりプライド捨てるでしょ？　私の道具を使うには、そういう柔軟さと素直さが必要なのよ」

「……あまり褒められてる気がしないが」

「褒めてるんじゃなくて、ピュアでアホだから順応性が高いって話」

「…………」

「ともかく、試してみようよ。一応、新作をひとつ持ってきてるからさ」

天馬はふつふつと湧き上がる怒りを抑えるため、深く息を吐く。

これまでの天馬なら即座に追い払うところだが、天霧屋を奪われかねない危機に直面している今、自らの能力を高めるために真琴の技術を盗む恰好の機会だと思えば、我慢できなくもなかった。

するど、真琴は背中をゴソゴソと探り、服の中から蛍光ピンクの長い棒を取り出すと、天馬の前に掲げる。

「はい、これ！」

「どこに隠してるんだ。……というか、なんなんだそれは」

見れば、それは伸縮式のおもちゃの釣《つ》り竿《ざお》のようで、先から垂れた糸の先には大きな吸盤が下がっていた。

あまりにふざけた見た目に顔をしかめると、真琴は手元のリールから糸を伸ばし、吸盤を天馬の額に押しつける。

「なにって、だから新作だよ。持ち手部分は空洞だから、中に天馬のお札を仕込んで使うの」

「……用途は」

「いろいろあると思うけど……、たとえば、人の中に隠れた悪霊を引っ張り出す、とか？」

「まさか、この吸盤でか」

「そう、この吸盤をくっつけて糸を巻き上げるわけ。ほら、釣りみたいに。……まあ、まだ試したことはないんだけど」

真琴がそう言いながらリールのハンドルを回すと、天馬の頭が思い切り引っ張られ、思わずバランスを崩す。

額に吸盤を付けたままよろける天馬を見て、真琴は可笑《おか》しそうに笑った。

「あはは、御曹司が釣れた」

「………」

「ってか、さっき強力な吸盤に付け替えたんだけど、思った以上の吸い付きだね。全然取れな……」

「――ふざけるな」

我慢の限界を迎えるまで、さほど時間はかからなかった。

天馬は額の吸盤を強引に剝《は》がし取ると、それを床に叩《たた》きつけて立ち上がる。

「ちょっ……、天馬、勝手に外さないでよ」

「無理だ、俺には。……いくらプライドが皆無の俺であっても、それは無理だ」

「え、なんで？　かっこいいじゃん」

「無理だ！」

天馬はまるで子供のようにそう叫ぶと、その勢いのまま真琴に背を向ける。

今後のことを考えても逃げ出すべきではないと理解しているものの、吸盤の付いたピンクの釣り竿を扱う自分を想像しただけで、酷《ひど》い頭痛がした。

天馬は振り返りもせず本堂を後にすると、とくに行く当てもないまま宿舎へ向かう。

足早に進んでも気持ちは収まらず、むしろ、残された真琴の笑い転げる姿を想像すると、怒りは膨らむばかりだった。

ようやく落ち着きを取り戻したのは、宿舎への道すがら、道場で鍛錬をする門下たちの声が耳に入ったときのこと。

天馬は一旦《いったん》立ち止まり、こんなイライラした姿を門下たちには見せられないと、呼吸を整えた。

頭を過《よぎ》るのは、かつて、自分の感情をここまでかき乱すような人間に会ったことがあるだろうかという思い。

その答えはさほど考えるまでもなく、天馬はふたたび足を踏み出しながら、こういうときは慶士《けいじ》にでも愚痴りたいものだと考え、すぐに重い溜《た》め息をついた。

なぜなら、慶士は源氏山公園に現れた悪霊に完膚なきまでにやられて以来、天馬とはぎくしゃくしており、会話どころかまともに顔すら合わせていないからだ。

おまけに、慶士はここしばらくというもの単独での外出が増え、現当主である正玄《しょうげん》の召集すら無視している。

おそらく、次期当主にと名乗りを上げた後、補佐にと抜擢《ばってき》した英太《えいた》が大怪我を負った末、天霧屋を出て行ったことがよほど応《こた》えたのだろう。

普段は規則に厳しい正玄も、事情が事情だからか無理に呼び付けるつもりはないようだった。

もちろん、天馬としては、このままでいいとは思っていない。

とはいえ、真琴と組んでしまった以上、慶士との和解が極めて難しくなったこともまた事実だった。

関係が崩れてしまった今、ついつい浮かんでくるのは、慶士と兄弟のように育ってきた長い年月のこと。

常に先を見ていなければならないと思う一方、心の奥の方には、あの頃に戻りたいと、ついついそんなことを考えてしまっている自分がいた。

第一章

天馬が慶士と久しぶりに顔を合わせたのは、翌朝のこと。

尽きない悩みのせいかずいぶん早い時間に目が覚めてしまい、気晴らしのつもりで敷地内を散歩していると、道場の前にぽつんと佇《たたず》む慶士の姿を見つけた。

「慶士!」

呼びかけると、慶士は声で天馬と気付いたのだろう、振り返りもせずにそのまま山門の方へと向かっていく。

咄嗟《とっさ》に追いかけて腕を摑《つか》んだけれど、慶士はそれを思い切り振り解《ほど》き、渋々といった様子で天馬と目を合わせた。

「慶士……?」

瞬間的に浮かんできたのは、なんて空虚な目をするのだろうという、慶士に対してこれまで一度も抱いたことのない思い。

いつも暑苦しいくらいに気力を漲《みなぎ》らせていた少し前までの面影は、すっかり失われていた。

呆然《ぼうぜん》とする天馬を他所《よそ》に、慶士はさも鬱陶《うっとう》しそうに目を逸《そ》らし、ふたたび山門の方へ向かう。

「お、おい……、ちょっと待ってくれ、話がしたい……！」

慌てて呼びかけたものの慶士が足を止める気配はなく、結局、天馬の存在を完全に無視したまま、そこから立ち去ってしまった。

もちろん、しつこく追いかけて無理やり呼び止めることも、できなくはなかった。

ただ、慶士の背中から伝わる嫌悪感や軽蔑《けいべつ》に怯《ひる》んでしまい、天馬はその場に立ち尽くして白みはじめた空を仰ぐ。

「どうすりゃいいんだ……」

口から零《こぼ》れた弱音が、辺りに虚《むな》しく響いた。

＊

「慶士は今日も不在か」

その日、依頼の件として天馬と真琴と慶士に召集がかかったものの、やはり慶士の姿はなかった。

正玄もいい加減憤っている様子で、「依頼の話のときは呼べと自分で言っておいて」と不満を零していたが、かと言って誰かに呼びに行かせる気はないようだった。

そんな中、天馬が正玄や、正玄専属の秘書兼世話役を務める田所《たどころ》から感じ取っていたのは、いつもとは少し違う、妙に張り詰めた雰囲気。

その時点で、今回の依頼はただごとではないと、おおかた巨額が動く案件なのだろうと察した。

つまり、依頼主は警察組織ではなく、いわゆる〝権力者〟と呼ばれる類《たぐい》の、政官財もしくは裏社会の大物であると推測できる。

ただ、その場合はいろいろと面倒な制限や要望が多く、報酬額が自らになんの影響も及ぼさない天馬にとっては正直憂鬱《ゆううつ》だった。

一方、正玄はいつも以上に目をギラつかせ、長い間を置いて散々勿体《もったい》ぶった後、ようやく口を開く。そして。

「……まず重要な前提を話しておくが、この件を知る人間を最小限に留《とど》めたいという先方の意向から、依頼の詳細を聞いた後で断るという選択肢はない。やるかやらないかは、今の時点で決めてもらう」

最初に言い渡されたのは、懸念通りの面倒な要望だった。

「は？　なにそれ。内容も聞かずに決めろってこと？」

退屈そうにあぐらをかいていた真琴が、さも不満げに眉根《まゆね》を寄せる。

かたや、そもそもやらないという選択肢など与えられたことのない天馬は、どこかしらけた気持ちで頷《うなず》いてみせた。

「承知しました」

「嘘でしょ、即答？　あんた奴隷なの？」

「いいから黙れ。騒いでも不毛だ」

「そんな理不尽なことある？　私たちの権利は？」

「無い。やりたくないなら今のうちに出て行け」

「無いの……」

澱《よど》みなく答えた天馬に、真琴は顔を引き攣《つ》らせる。

とはいえ、妙な前提ありきの依頼に少なからず興味を惹《ひ》かれたのだろう、真琴は出ていくどころかむしろ姿勢を正した。

正玄は満足そうに口角を上げ、さらに言葉を続ける。

「では、請けるということで良いな」

「ええ、構いません」

「結構。ならば、これから二人にはとある場所に向かってもらう。さっきも伝えた通り、今回は詳細を知る人間を最小限にすべく、以降の話は先方が指定した場所にて、実際に稼働する人間にのみ伝えるとのことだ」

正玄がそう口にした瞬間、天馬の頭に真っ先に浮かんできたのは、さすがに無視できない疑問。

「お待ちください……。それはつまり、まだ誰も、……当主すら、先方からなにも聞かされていないということでしょうか」

疑問とはまさに口にした通りで、聞いた話の通りなら、現時点で天霧屋サイドは誰も依頼内容を知らないということになる。

しかし、門下の身の安全に関わる依頼内容を知りもせずに請けるなんてことがあるだろうかと、天馬としては確認せずにいられなかった。

かたや正玄は、天馬の切実な不安を他所にあっさりと頷く。

「その通りだ。お前らは請ける前提で指定の場所に行き、そこで言われた通りの仕事をこなせ」

「当主、いくらなんでもそれは……」

「──話は以上だ。田所、場所を二人に伝えてやってくれ」

反論しかけたものの即座に遮られ、いきなり指示を出された田所がビクッと肩を揺らした。

「は、はい……、了解いたしました……」

田所は躊躇《ためら》いがちに天馬の前にやって来て、小さなメモを差し出す。

釈然としない中、渋々受け取る天馬を見て、真琴が可笑《おか》しそうに笑った。

「ねえねえ、つまり、おじいちゃんは報酬の額だけでオッケーしたってことでしょ？

いっそ潔いくらい強欲だよね」

「……お前は黙ってろ」

咄嗟に制したものの、真琴はさらに笑みを深めて天馬に身を乗り出す。

「いや、だって、マジで奴隷なんだなって思って」

「いいから、今は文句言うな」

「文句じゃないし。むしろ、私が天霧屋を乗っ取ればこういう莫大《ばくだい》な報酬付きの依頼が舞い込んでくるんだなぁって、ワクワクしただけ。にしても、おじいちゃん超アツいわぁ……。これまで見てきたどんな悪徳祓屋《はらいや》よりも桁違《けたちが》いにがめついっていうか」

「おい、やめろって……！」

慌てて止めたもののすでに手遅れであり、本堂の空気はかつてないくらいに凍りついていた。

しかし、当の正玄は黙って立ち上がり、自宅へ続く障子を開けると、去り際に一瞬だけ真琴に視線を向ける。

「天霧屋が欲しいなら、実力を証明しなさい。もちろん、儂《わし》のルール内でな」

その後、障子が音もなく閉められ、天馬はしばらく呆然とした。

それも当然で、さっきの真琴の発言は、普段の正玄ならば烈火のごとく怒り狂っても不思議ではないくらいの大失言だったからだ。

「どうなってるんだ……」

思わず呟《つぶや》くと、真琴としても拍子抜けだったのか、どこかつまらなそうに天馬の手からメモを抜き取って開く。

見れば、そこには住所と、「宮前《みやまえ》ビルB1」という建物の名前が記されていた。

「とりあえず、ここに行きゃいいんだよね。さっさと行こうよ」

真琴はそう言って立ち上がると、急《せ》かすように天馬の着物を引く。

天馬はいまだ動揺を残しつつも、仕方なく立ち上がった。

「……そうだな。余計なことを考えても仕方がない」

「その通り。で、ここに書いてあるビル知ってる？」

「知らん。が、住所を見る限り、鎌倉《かまくら》駅に近そうだ」

「ってか時間の指定がないよね。いつ行ってもいいってこと？」

「おおかた、自分がそこに現れる明確な時間を知らせたくなくて、あえて指定していないんだろう。日常的に命を狙われているような人間がやりがちな手だ」

「サラッと物騒なこと言うじゃん」

「俺らの日常以上に物騒なものなんかないだろ」

「諦観《ていかん》の境地……」

「それが俺の強みだ。……行くぞ」

真琴とのくだらない会話のお陰か、天馬は少し落ち着きを取り戻し、本堂の出口へ向かう。

しかし、障子を開けた途端に金福《かねふく》と目が合い、思わず心臓がドクンと大きく揺れた。

「か、金福さん……？　いつからここに」

尋ねると、金福はいつも通りの不敵な笑みを浮かべる。

「最初からずっとです。大きい案件のようですから、念の為に配分の確認をと」

「そうですか。では、我々は向かいますので、また」

「いいえ、お待ちください。今日は、私も共に参ります」

「……は？」

「今回の案件は徹底して閉鎖的に進められるようですから、真琴様の業務範囲外の労働を見逃さないためにも、同行する必要があります」

金福は平然とそう言うが、天馬としても、さすがに今回ばかりは看過するわけにいかなかった。

「いや……、最初からここにいたなら聞いていたでしょう。今回は詳細を知る人間を極限まで減らすべく、当主すら内容を知りません」

「それが、なにか」

「なにかって。同行すれば逃げられませんよ」

「真琴様と私はどうせ一蓮托生《いちれんたくしょう》ですから、逃げるなどという考えはありません」

「ですが、先方は強い警戒心を持っていますし、こちらの人数を急に増やすわけには」

「いえ、私が察するに、先方には元より慶士様も含め三人で向かうと伝えているはずです。ですので、私が同行した方がむしろ辻褄《つじつま》が合います」

よほどこの依頼から金の匂いを感じ取っているのか、金福はなにを言ってもまったく引かなかった。

正直かなり邪魔だが、このまま応酬を続けても不毛な気がして、天馬は仕方なく頷く。

「一応言っておきますが、危険な目に遭っても守れませんよ」

「ええ、問題ありません。真琴様に守っていただきますから」

「え、やだよ面倒臭い」

「そういう天邪鬼《あまのじやく》なところ、私は可愛らしいと思います」

「本心なんだけど」

天馬は二人の言い合いを無視し、今度こそ本堂を後にして山門へ向かった。

山門の前ではいつも通り運転手が控えていて、天馬を見つけると深々とお辞儀をする。

「天馬様、どちらへ向かいましょうか」

天馬は定番のやり取りにうんざりしながら、首を横に振った。

「悪いが、今日も自分で運転する」

「しかし……」

「素性の怪しい相手と会うから、変に巻き込まれたくなければ来ないほうがいいぞ」

運転手は天馬の言葉に怯《ひる》んだのか、たちまち車からスッと離れる。

「……いってらっしゃいませ」

「ああ」

ようやく天馬が運転席に乗ると、真琴も助手席に乗り、金福もまた、さも当たり前のように後部ドアを開けた。

しかし、ドアを閉める前に運転手を呼びつけ、「報酬はいかほど貰《もら》っているのですか」と下世話な質問を投げかけはじめたため、天馬は苛立《いらだ》ちアクセルを踏む。

金福は慌ててドアを閉め、大袈裟《おおげさ》な仕草で胸を撫《な》で下ろした。

天馬はルームミラー越しにその様子を見ながら、この男は一体何者なのだと、出会った瞬間からずっと燻《くすぶ》り続けている疑問を改めて思い浮かべる。

真琴のマネージャーを名乗る金福はとにかく金にがめつく、身につけている高級品から搾取の気配が滲《にじ》み出ているが、天馬が気になっているのはそんなことではない。

なにより、一般人であるにも拘《かかわ》らず悪霊にさほど怯《おび》えることなく、危険な現場であっても平然と潜入してくる肝の据わり方には、慣れているというだけでは説明できないくらいの異様さがあった。

もっと言えば、さっき本堂に現れたときのような完璧《かんぺき》な気配の潜め方にも、正直、得体の知れない不気味さを感じている。

もちろん、霊よりも生きている人間の方が気配を見つけにくいという前提はあるものの、あれはまるで空気のようだったと。

いったいどこでそんな芸当を会得したのだろうかと、天馬は運転しながらぼんやりと想像し、すぐに我に返って首を横に振った。

「……いや、やめよう。なんの得にもならん」

つい声に出してしまい、横で真琴が怪訝《けげん》な表情を浮かべる。

「あのさ、天馬のひとり言があまりにも多いって、ちょっとした噂になってるよ……？」

「どこで」

「使用人たちの間で」

「…………」

妙にリアルな報告に返す言葉がなく、天馬は黙って運転に集中した。

やがて鎌倉駅に着くと、天馬は近くのコインパーキングに車を停め、メモの住所をマップアプリで検索する。

すると、鎌倉駅の西側を南に向かって延びる「御成《おなり》通り」沿いに、目的地のピンが立った。

「商店街の中だな。警戒心の高い人間が指定する場所にしては、ずいぶん人通りが多そうだが」

歩きながら疑問を口にすると、金福がマップを覗《のぞ》き込みながらニヤリと笑う。

「賑《にぎ》わっている場所の方が、かえって都合がいいのでは。どんな団体かは存じませんが、商店街の中で抗争なんて真似は避けたいでしょうから、襲撃も受けにくいでしょうし」

「……抗争に襲撃にって、いったいどんな相手を想像してるんですか」

「いやいや、あえてはっきりとは申し上げませんが、天霧屋と繋《つな》がる羽振りの良い裏社会の団体として、誰でも想像がつく程度の反社会的アレです」

「……十分はっきり申し上げてますよ」

嫌味を言ったものの、正直、天馬が薄々考えていた依頼主も、金福の想像と同じだった。

天霧屋の得意先が警察組織であるという体裁上、これまではあまり深く考えないようにしてきたけれど、正玄がそういう類《たぐい》の人間から頻繁に依頼を受けていることは、もはや暗黙の了解だからだ。

ただ、「誰でも想像がつく程度」という言葉を聞いた途端、外から見た天霧屋の印象を突きつけられたような気がして、心の中がモヤッとした。

金福は天馬の反応を面白がるかのように、わざとらしく首をかしげる。

「ちなみに、これはただの興味本位なのですが、もし、万が一、天馬様が天霧屋の当主の座に就かれたときは、この手の収入源をどうされるおつもりです？」

わざわざ「万が一」を付ける性格の悪さには苛立ちが込み上げたが、天馬はあくまで平静を装い、首を横に振った。

「どうもこうもないでしょう。俺は、天霧屋を金銭目的で動く団体にする気はありません」

「またまた、そんな綺麗《きれい》事を。警察からの報酬だけで天霧屋の運営が賄えるなんてお思いではないでしょうに」

「省ける無駄はいくらでもありますから」

「だとしても、難しいかと。失礼ながら、天馬様は天霧屋の帳簿を見たことがないのでは？」

「それは……」

「おやおや、やはりそうでしたか。すみません、どうか今の会話はお忘れください。そもそも、真琴様の存在がある以上、天馬様が当主になったときの仮説は必要ありませんしね」

「………」

腹立たしいが、金福の言葉は的を射ており、天馬に反論の余地はなかった。

現に、天馬は次期当主という立場にありながら、天霧屋の運営にいっさい関わっておらず、帳簿を見るどころか現在の財務状況をほとんど知らない。

こんな自分が次期当主を名乗るなんて、確かに側《はた》から見れば舐《な》めた話だろうと天馬は思う。

ただ、不本意ながらもそんな金福のお陰で、当主になるということの大変さを、最近になってリアルに理解しはじめていた。

そうこうしている間にも目的地が迫り、間もなく天馬の視界に入ったのは、四階建ての古めかしい雑居ビル。

一階にはシャッターが閉じたままの空きのテナントがあり、壁に掲げられたフロア表示はすべて空白で、商店街の中であるにも拘らず、その周囲だけ気味が悪いくらいに静まり返っていた。

「これはまた、ずいぶん雰囲気がありますねぇ。……それで、指定されたのはB1でしたっけ?」

金福は先頭を切ってビルに立ち入ると、すぐ左手にあった階段を使って地下へ向かう。

天馬と真琴が後に続くと、階段を下りた先には一枚の重々しい扉が立ちはだかり、そのすぐ傍に、インターホンと思《おぼ》しきむき出しのボタンがあった。

「では、押しますね?」

金福は興奮が抑えられないとばかりに、天馬の返事も待たずにそれを押す。

すると、わずかな沈黙の後、カタンと小さな音とともに扉が細く開き、黒いスーツにサングラス姿の大男が姿を現した。

服装こそきっちりしているが、襟元からはチラリと刺青《いれずみ》が覗いており、今回の依頼主はやはりその筋の人間らしいと天馬は確信を持つ。

「……天霧屋です」

ひと言そう伝えると、男は濃いサングラスの奥でわずかに瞳《ひとみ》を揺らし、扉を大きく開いた。

「お待ちしておりました。どうぞ」

中に入るやいなや天馬の正面に広がったのは、扉の外とはまるで別世界のような仰々しい内装。

そこから確認できるのは奥へと続く細い廊下のみだが、壁面は鏡と大理石風のタイルで幾何学模様があしらわれ、床にはベルベットのような光沢を放つ、真紅の絨毯《じゅうたん》が敷かれていた。

いわゆるその筋の事務所仕様を想像していた天馬は、予想を裏切る煌《きら》びやかな様相を見て呆気《あっけ》に取られる。

男は長い廊下をしばらく進んだ後、天井から垂れ下がったパーティションカーテンの前で足を止め、天馬たちの方を振り返った。

「では、奥へどうぞ。この先は、別の人間がご案内します」

「……はい」

天馬が頷《うなず》くと、男はゆっくりとカーテンを捲《まく》る。

足元に隙間が開くやいなや奥から異様な空気を感じ、なんだか無性に嫌な予感がした。

そして、ようやく視界が開けた瞬間、天馬は思わず目を見開く。

なぜならそこには、バカラテーブルやルーレット台などが並ぶ、いわゆるカジノの光景が広がっていたからだ。

それぞれの台にワイシャツに蝶《ちょう》ネクタイ姿のディーラーと思しき女性が立ち、その対面には身なりの良い男たちが葉巻やウィスキーグラスを手に座っている。まるで映画さながらの豪奢《ごうしゃ》な雰囲気だが、当然ながら、天馬には感心している余裕などなかった。

「……これは、いわゆる違法カジノですよねぇ。まさか、鎌倉にこんな場所があるなんて」

天馬が考えていた通りの感想を、金福が呟《つぶや》く。

真琴もまた、手前のバカラ台を興味深げに覗き込んでいた。

そんな中、横からスッと男が現れ、天馬たちを部屋の奥へと促す。そして。

「オーナーの到着まで、あちらでお待ちください」

そう言われて視線を向けると、そこには客のいないルーレット台があり、ご丁寧に椅子が三つ並べられていた。

嫌な予感がしつつ、勧められるまま席につくと、ディーラーが三人の前に五枚ずつのグリーンチップを差し出す。

「……どういうことですか」

理解が追いつかず、天馬が背後で待機する男にそう尋ねると、男は表情ひとつ変えずに小さくお辞儀をした。

「そちらはオーナーからです」

「は……？」

「しばらくお待ちいただくことになりますので、ゲームをお楽しみくださいとのことです。お飲み物はいかがなさいますか？」

「いえ、私は結構で……」

「ビールを！」

遠慮しかけた瞬間に声を上げたのは、金福。

慌てて睨《にら》み付けたものの、金福は配られたチップを手に満面の笑みを浮かべていた。

「ちょっと、金福さん……」

「おや、お二人は飲まれないのです？」

「……仕事中ですが」

「そうですか。では、お二人にはトニックをお願いします！」

「…………」

まったく遠慮のない金福に、天馬は頭を抱える。

やがて男が一礼してその場を去ると、金福は天馬の前にチップを掲げた。

「天馬様、グリーンチップは一枚二十五ドルです。太っ腹な依頼主様ですね」

「……詳しいんですね」

「私はカジノを嗜《たしな》みますから。あ、もちろん海外での話ですよ。まさか日本でこんな遊びができるとは思いもしませんでしたが、せっかくなので楽しみましょう」

「のん気すぎやしませんか。参加したら我々も罪に問われますし、チップを配ったのはおそらく、それを踏まえての口止め目的ですよ」

「それのなにが問題です？　そもそも、この社会でまっとうでない商売をしているという点では、祓屋《はらいや》もとくに変わりないのでは」

「いいえ。我々は犯罪者じゃない」

即座に言い返したものの、天馬の心のずっと奥の方には、一理あると思ってしまっている自分がいた。

まっとうな社会から離れた場所で世間に理解されない商売をし、良からぬ依頼主から金を受け取っているのは、紛れもない事実だと。

この異様な空間と目の前に積まれたチップが余計にそう思わせ、天馬はなかば衝動的に席を立った。

もちろん待ち合わせを放棄するつもりはないが、ゲームには参加しないという意思を表したかったからだ。

金福はそんな天馬を見て、不思議そうに眉《まゆ》を顰《ひそ》めた。

「天馬様は遊ばれないのですか？」

「ええ」

「そうですか。ではこのチップは私が」

金福は天馬の返事を待つことなく、満面の笑みでチップを自分の前に移動させる。

そんな中、真琴はギャンブルにさほど興味がないのか、退屈そうにチップを弄《もてあそ》んでいた。

「お前が一番はしゃぎ倒すかと思いきや、つまらなそうだな」

嫌味を込めて言うと、真琴は椅子をくるくると回転させながら、小さく頷いてみせる。

「つまんないよ。だって、私がやると普通に当たっちゃうから」

「……ずいぶん大きく出たな」

「いやいや、勘だって祓師《はらいし》の能力のうちだし」

「鍛えられるって？……馬鹿馬鹿しい」

「じゃあ、証明しようか？」

真琴は不満げに唇を尖《とが》らせると、自分のチップを金福の方へ押しやり、目を輝かせる金福に小さく「手始めにオッドで」と耳打ちした。

金福は疑う様子もなく大きく頷き、ディーラーの合図とともに、〝ＯＤＤ〟と書かれた枠内にすべてのチップを置く。

「オッド？」

「奇数のこと。手始めってことで、倍率は二倍」

「お前も詳しいのかよ……。というか、なんで自分でやらないんだ」

「金福に夢を見せてあげようと思って」

「……怖ろしい自信だな」

呆《あき》れる天馬を他所《よそ》に、真琴は不敵な笑みを浮かべた。

やがてディーラーがウィールにボールを投げると、白いボールはルーレットの中を軽快に回った後、徐々に速度を落とし、最終的に5と書かれた赤い枠で動きを止めた。

即座にディーラーが倍のチップを金福の前に差し出し、天馬は目を見開く。

「当たった……」

「ね」

「とはいえ、奇数なら確率は半々だろ」

「だから、今のは手始めだってば。あと、0はオッドでもイーブンでもないから、正確には五十パー弱ね」

「細かいな。そんなの誤差だろ」

「誤差だろうがルールは重要だよ。……じゃ、続きやるね」

真琴はそう言うと、今度は金福に「サードダズン」と耳打ちした。

金福はすっかり高揚した表情で、〝3rd　12〟と書かれた枠内にすべてのチップを滑り込ませる。

「サードダズンは、色は関係なく、25から36までの数字なら当たりって意味ね。ちなみに倍率はちょっと上がって三倍」

真琴の説明と同時に、ディーラーによってふたたびボールが投入された。

妙な緊張感が漂う中、天馬がその行方を見守っていると、間もなくボールは28の枠で動きを止める。

「まま真琴様！」

金福が変な声を出し、真琴の手を両手でがっちりと摑《つか》んだ。

一気に三倍になったチップは台の上でなかなかの存在感を放っており、これは金福でなくとも興奮するだろうと天馬は思う。

その後も、真琴は徐々に倍率を上げながらベットを繰り返し、金福のチップはみるみる山と化していった。

他の客も次第にざわつきはじめ、天馬たちの背後には一人二人と見物客が集まる。

「お前、ギャンブルを本職にした方が稼げるんじゃないか」

あまりの的中率に思わずそう言うと、真琴は小さく笑った。

「これくらい、天馬にだってできるよ」

「できるわけないだろ。もはや超能力の域だぞ」

「超能力も霊能力もたいして変わんないって。理屈で考えず、ルーレットを見ながらボールの動きを想像してみなよ」

「ボールの動き……？」

馬鹿らしいと思いながらも、天馬は実験的なつもりで、言われた通りにルーレットの中を回るボールの様子を想像する。

すると、真琴がふいに、天馬の背中に触れた。

「はい集中」

「……してる」

「もっと深く」

真琴がそう呟《つぶや》いた瞬間、突如、頭の中がスッとクリアになったような気がした。

それは、源氏山公園にて、真琴の指南を受けながら悪霊の気配を探ったときの感覚とよく似ていて、天馬は妙な手応《てごた》えを覚える。――そして。

「……黒の8、だな」

なかば無意識的にそう口にすると、真琴がニヤリと笑った。

「金福、天馬が黒の8に一点賭け《ストレートアップ》だって。まさかの三十六倍」

「えっ！　いやっ……、お待ちください！　いくらなんでも一点賭けは無謀すぎでは……」

「いいから賭《か》けて」

「……ちなみに、真琴様はどうお思いです？」

「今回は天馬の予想だから、私はノータッチ」

「そんな……、ド素人の予想が当たるわけが……」

金福はさも不満げに文句を零《こぼ》した後、渋々といった様子で黒の8にたった一枚のチップを置いた。

天馬としても確信はなく、当然の判断だと思いながらディーラーが投げたボールを目で追う。――すると。

白いボールはルーレット上を大きく跳ね回った後、8と書かれた黒い枠の中にコロンと収まってしまった。

「ううう嘘でしょう……！」

周囲から喚声が上がる中、金福が目を剝《む》き出してルーレットを見つめる。

真琴は逆にまったく驚くことなく、天馬の手を摑んで無理やりハイタッチした。

「ほら。当たったじゃん」

「さすがにまぐれだろ……」

「まあ、今のはちょっと出来過ぎっていうか、ぶっちゃけ半々かなって思ってたけどね。でも、倍率三倍くらいまでなら今の天馬にも高確率で当てられると思うよ」

「……とても信じられん」

「やっぱ、天馬のように純粋でア……じゃなくて素直な人間は、邪念がないぶん資質があるんだよ。……どう？　びっくりした？」

「当たり前だろ……」

実際、天馬はあまりの出来事に、真琴が言いかけた悪口に気付かないくらい動揺していた。

それと同時に、前回に続いて今回もまた、真琴から自分の隠れた能力を引き出してもらったような気がして、少し昂《たかぶ》ってもいた。

やはり、真琴と共に行動していれば、本当に自分の能力の向上を図れるかもしれないと、天馬は改めて思う。

そんな中、金福だけは悔しそうに両手で髪を掻《か》き回した。

「まさか天馬様が的中させるなんて……。三十六倍のチャンスだったのに……」

すでに金福の前にはとんでもない量のチップが積まれているが、すっかり欲に溺《おぼ》れてしまったのか、それでは満足いかないらしい。

金福は即座に真琴の両肩を掴み、大きく揺らした。

「真琴様、早速次のベットをしましょう！　先ほどの損を取り戻すために！」

「別に損してないじゃん……。ってかもう飽きたし……」

「いけません！　本来なら手に入るはずだったものをみすみす逃すなんて、私にとっては大損です！」

「百パー人任せで儲《もう》けておいて、なんでそんな態度なのよ」

「真琴様！　さあ、もう一度！」

必死に詰め寄る金福の目は、真っ赤に血走っていた。

こういうタイプがギャンブルに溺れて破滅するのだろうと、天馬はいたって冷静に分析する。

そのとき、背後からさっきの男が近寄ってきて、天馬たちにお辞儀をした。

「お待たせいたしました。オーナーが到着しましたので、お部屋にご案内してもよろしいでしょうか」

そう言われて時間を確認すると、ここへ着いてからすでに一時間半程が経過していた。

天馬と真琴が頷《うなず》く一方、金福だけは首を横に振る。

「そ、そんな！　お待ちください！」

最後に逃した三十六倍がよほど名残惜しいのだろう、頑として席を立つつもりはないようだった。

「……仕方ないな」

そんな姿を見かねてか、真琴はうんざりした様子で渋々金福に耳打ちする。

金福はそれを聞きながら、目をキラキラと輝かせた。

「真琴様……！」

「今ので最後ね。じゃ、先行ってるから」

「すぐに参ります！」

金福は大きく頷くと、すべてのチップを赤の25の枠に移動させる。

二度目の一点賭けに周囲がどよめく中、真琴は結果を見ることなく、迎えに来た男に視線を向けた。

「じゃ、行きましょうか。あの人、終わったら連れて来てくれます？」

「了解いたしました」

男は頷き、天馬たちを部屋の奥へと促す。

天馬は真琴の横に並んで歩きながら、小さく溜《た》め息をついた。

「あの男を甘やかしすぎじゃないか」

「そうでもないよ」

「いくら儲けたのか知らんが、下手すれば命を狙われるぞ。ここの胴元の正体わかってるだろ」

「わかってるよ。でも大丈夫」

「のん気だな」

ずいぶん余裕な態度を見せる真琴に、天馬はやれやれと肩をすくめる。

やがて男は部屋の奥のパーティションカーテンを捲《まく》り、そこからさらに奥へ延びる廊下に天馬たちを促した。

驚いたのは、カーテンを境に、豪奢《ごうしゃ》な雰囲気が一気に様変わりしたこと。

壁も床も古めかしく、ようやく、この雑居ビルの外観から想像するイメージと一致した気がした。

まるで夢から覚めたような感覚の中、天馬はふと振り返り、いまだ夢の中にいる金福のことを考える。――すると、そのとき。

背後から突如、金福のものと思《おぼ》しき、阿鼻叫喚《あびきょうかん》の叫びが響いた。

どうやら最後のゲームが終わったようだが、声色から察するに、喜んでいるような雰囲気はない。

まさか——と、眉根《まゆね》を寄せた天馬を見て、真琴は堪《こた》えられないとばかりに笑い声を上げた。

「あはは！」

「やっぱりお前、最後の予想……」

「外しちゃったみたいだね」

「……わざとか」

「まさか。さすがに一点賭けは難しいのよ。飽きちゃってたから、集中力を欠いただけ。ま、金福も夢を見られて満足したでしょ」

その言葉を聞きながら、天馬は真琴が最初に言っていた「金福に夢を見せてあげようと思って」という言葉を思い出す。

チップが一瞬でゼロと化した今になって思えば、金福に起きた一連の出来事は、確かに「夢」という儚《はかな》い表現があまりにも的確だった。

「絶対最初からそのつもりだっただろ……」

尋ねると、真琴はわざとらしい笑みを浮かべる。

「だから違うって。……ま、金福があまりに儲けたら、真面目に働いてくれなくなるかもしれないから、結果的に良かったかもね」

「あの男がそんなに必要か？」

「まあ、……うん。要るっちゃ要る」

「曖昧《あいまい》だな」

真琴と金福の関係性について天馬にはよくわからないが、社会から外れた祓屋《はらいや》という仕事の理解者が少ないことを知っているぶん、必要だという判断を否定するつもりはなかった。

その半面、金のことになると目の色が変わる扱い難い男なんて、自分なら御免だと心底思っていた。

そのとき、前を歩いていた男が、一番奥の部屋の前でぴたりと足を止める。

どうやらここが目的の部屋なのだろう、男は途端に表情に緊張を滲《にじ》ませ、戸をノックした。

「天霧屋の方々です」

男が部屋の中へ向かって声をかけると、間もなく「通してくれ」と返事が戻る。

その後、男は戸を開けて天馬たちだけを中へ通すと、自分は深々とお辞儀をして廊下を戻って行った。

天馬は真琴と顔を見合わせ、ひとまず部屋へと足を踏み入れる。

「失礼します」

入るやいなや早速視界に入ったのは、革張りの応接ソファの奥に座る、強面《こわもて》で恰幅《かっぷく》のいい壮年の男性だった。

大きな体に和服を纏《まと》うその佇まいは正玄に通じるものがあるが、年齢はおそらく半分程。

男はその見た目からは想像できないくらい丁寧な仕草で天馬たちに頭を下げると、自分の正面に座るよう勧めた。

「ようこそ。さあ、こちらへ」

「……はい」

言われた通りに腰を下ろすと、男はしばらく二人を見比べた後、後ろに待機していた部下と思しき数人に、手でなにやら合図を出す。

男たちは一斉に一歩下がってお辞儀をし、そのままぞろぞろと部屋を後にした。

おそらくさっきのは人払いの合図だったのだろうが、その教育され尽くした動きに、天馬は驚く。

ただ、それ以上に気になっていたのは出て行った男たちの恰好《かっこう》で、彼らは柄シャツにギラギラした金のネックレスにと、ここまで案内してくれた男とは雰囲気の違う、典型的ヤクザといった風体だった。

ついでに言えば、部屋の中の装飾も剝製《はくせい》に書の額にと仰々しく、壁際には日本刀が飾られている。

もちろんとうに受け入れてはいたけれど、ここまでわかりやすく主張されると、逆に清々《すがすが》しさすらあった。

そして。

「そちらのご当主には、昔から世話になっていてね」

男が最初に口にしたのは、ずいぶん気安さの滲むひと言。

その瞬間、祓屋と依頼主という単純な関係ではないことが確定し、心がモヤッとした。

「昔から、ですか」

とくに興味もなかったが一応尋ねると、男は頷く。

「ああ。そのよしみで今回のことを相談したんだが、彼はもう現場には出ないと聞いてね。だから君たちを紹介してもらったんだが、こんなところまで来させて悪かった。正玄さんのことはもちろん信用しているけれど、今回はどうしても、できるだけ詳細を知る人間を増やしたくなかったものだから」

「いえ、構いません。私は、三善正玄の孫の天馬と申します。こっちは、……うちの門下の塚原《つかはら》真琴です」

真琴に関して、躊躇《ためら》った末に嘘の紹介をした理由は、言うまでもない。

本当のことを話せば、天霧屋の次期当主を巡る騒動まで説明せねばならなくなるからだ。

真琴もそれを理解しているのだろう、小さく頷《うなず》いてみせた。

男は煙草に火を点《つ》けて細く煙を吐いた後、一度胸ポケットから取り出した名刺入れを、わずかな迷いを見せた後、ふたたび仕舞う。

「私のことは、仮に山田《やまだ》とでも呼んでくれ」

「……仮に、とは」

「うちにあまり深入りしたくないだろう。君に伝える情報は最低限にしておいた方がいいかと思ってね」

「………」

どうやら心情を読まれていたらしいと、天馬は思わず動揺する。

山田はその様子を見てニヤリと笑い、今度は豪快に煙を吐いた。

正面から煙を浴びた真琴があからさまに嫌な顔をする中、天馬は反応に困り、目を泳がせる。

しかし、ひとたび冷静になって考えてみれば、間接的ながらも違法カジノにまで手を出してしまった今は、もはや手遅れだという開き直りに近い思いもあった。

なにより、天馬はまさにこれから、山田の素性がわかった上で仕事を請けようとしている。

そう考えると肝が据わり、天馬はゆっくり息を吐いた後、山田にまっすぐ視線を向けた。

「お気遣い頂きありがとうございます。ですが、もはや名前など瑣末《さまつ》な情報です。早速、ご依頼について伺っても？」

思ったより落ち着いた声が出たことに、自分自身が一番驚いていた。

山田は満足そうに目を細め、吸いかけの煙草を灰皿に押し付けながら頷く。

「さすが正玄さんの孫だ、いい度胸をしてるな」

「恐縮です」

「なら本題に入るが……、実は、今回頼みたいのは、私の娘のことでね」

「お嬢さんですか」

「ああ。大昔に付き合っていた女が知らないうちに産んでいた子だ」

「…………」

サラリと語られた話がやたらと重く、天馬は相槌《あいづち》に迷う。

かたや山田はいたって普通のことであるかのように、それについての詳しい説明もないまま言葉を続けた。

「私には子供が大勢いるが、娘は一人しかいないものだから、とにかく可愛くてね。……ただ、あの子は昔から引きこもりで、学校にもほとんど行っていないんだ」

「それって絶対家庭環境のせ……」

「真琴」

ずっと黙っていた癖にいきなり爆弾を投下しかけた真琴を、天馬は慌てて制する。

山田は怒るかと思いきや、困ったように眉《まゆ》を下げた。

「そこは否定しない。私と娘の関係については隠していたつもりだが、学校で噂が広がっていたようでね。私のせいでさぞかし辛《つら》い目に遭っただろうと、あの子には心から申し訳なく思っている。……が、そんな娘も、もう十七歳だ。成人も近く、これからはやりたいことをやってほしいと、そのための援助は惜しまないと伝えに行ったんだが、……どうやら最近、妙な趣味に没頭しているようで、顔も見せてくれなかった」

「妙な趣味、ですか」

「ああ。毎日毎日、部屋でなにやら奇妙な儀式をしているとか。住み込みの使用人から聞いたところによれば、本人は〝降霊術〟だと話しているらしい」

「降霊術……？」

天馬が呟《つぶや》くと同時に、真琴の目の色が変わった。

それもそのはずで、素人の降霊術はとても危険であり、祓師《はらいし》たちの間でも、昔から問題視されていることだからだ。

なにせ、〝こっくりさん〟などをはじめ、降霊術として世間に広まっている手順は、正統な降霊術を簡易化されたものであるため、時折とんでもない悪霊を呼び出してしまうことがある。

学生の間では昔から定期的に流行しているが、それによって命を奪われた例も少なくなく、とても「妙な趣味」なんて言葉で片付けられるものではなかった。

「それは、すぐに止めた方がいいと思います」

努めて真剣な声色でそう言ったものの、山田は事態の深刻さをあまり理解していないようで、天馬に苦笑いを返した。

「それが、止めようとしても、誰の話も聞かないんだよ。どうせそのうち飽きるだろうと思っていたんだけれど、むしろエスカレートしているらしい。……そこで、ここからが本題なんだが、……つい最近、使用人から、娘の様子がおかしいという報告を受けてね」

「様子がおかしい？　それは、どんなふうに」

「聞いたところによれば、時折、人格が変わったような行動を取ると。少し前は、夜中に突然包丁を研ぎはじめたとか。元々、料理なんてまったくしない子なんだが」

「不自然ですね」

「他にも、突如糠漬《ぬかづ》けを混ぜたり、土鍋《どなべ》で米を炊いたり」

「……漬物に、米ですか」

「数日前なんかは、茶殻を使って和室の掃き掃除をしていたと。使用人は、降霊術のせいで妙な霊に憑《つ》かれたのではないかと心配している」

「え、なんで？　便利じゃん」

空気を読まない相槌を打ったのは、真琴。

天馬が慌てて睨《にら》みつけるが、真琴はそれを無視してさらに続けた。

「やってることはちょっとお婆ちゃんっぽいけど、働き者だし、降りてきた霊がアタリだったって思えばよくない？　いっそそのままでもいい気がするけど」

山田は真琴の不謹慎な言い草に眉をピクリと動かしたものの、わずかな沈黙の後、首を横に振る。

「君はそう言うが、娘の妙な行動はそれだけじゃない。聞けば、時折発作のように包丁を振り回すこともあるらしい」

「それって霊のせいなのかな。父親の血が影響……」

「――真琴」

さすがに黙っていられず強めに遮ると、山田は大きく瞼《まぶた》を痙攣《けいれん》させつつも、構わないと言いたげに天馬に手のひらを向けた。

必死に穏やかな人柄を装っているが、おそらくこの男は本来キレやすいタイプだと、天馬は密《ひそ》かに危機感を覚える。

だとすれば、あまり話を長引かせるのは得策でなく、天馬は話を進めるべく真琴をソファの端に追いやり、山田の前に身を乗り出した。

「つまり、もしお嬢さんに霊が憑いていた場合は祓《はら》ってほしい、というのがご依頼の内容ですね。承りました」

強引かつ迅速にまとめると、山田はわずかに落ち着きを取り戻した様子で頷く。

「ああ、その通りだ。……ちなみに、娘の平穏な生活を守るため、彼女の存在は極秘とし、限られた人間にしか話していない。だから、そちらも絶対に口外しないよう頼みたい。当然、正玄さんにもだ」

「……承知しました」

正玄にまで口止めする徹底ぶりには驚いたが、山田の声には凄《すご》みがあり、意見を口にする気にはなれなかった。

山田は天馬としばらく目を合わせた後、話は終わったとばかりにソファにもたれかかり、煙草に火を点ける。

天馬もひとまずほっと胸を撫《な》で下ろしたけれど、山田がついでのように補足した「失敗はもちろん、約束を破るのは論外だから覚えておくように」というひと言により、ふたたび緊張が走った。

そして。

「娘の使用人の連絡先を教えておくから、以降はそちらで進めてほしい。結果についても彼女から報告を受けるから、もうここへ来る必要はないよ」

山田がそう言って番号の書かれたメモを差し出すと同時に、どうやって合図を出したのか知らないが、さっき出て行った男たちがゾロゾロと部屋に戻ってくる。

どうやら話はこれで終わりらしいと、天馬はソファから立ち上がり、平然とくつろいでいる真琴の腕を引いた。

「では、失礼いたします」

「ああ、頼む」

廊下に出ると、この部屋まで案内してくれた男が待機していて、天馬たちに一礼して廊下を先導する。

「あの、我々の連れの男は……」

そういえば金福は顔を出さなかったと思いながら尋ねると、男は廊下の先にあるカジノの方を指した。

「お連れ様はまだルーレット台から動かれていません」

「はい？　まさか、一瞬で消えた儲《もう》けを取り返そうと自腹を……」

「いいえ、言葉通り、まったく動いていらっしゃらないのです」

「まったく……？」

天馬にはその意味がよく理解できなかったけれど、やがてカジノに続くパーティションカーテンを抜けた瞬間、石のように固まった金福の姿が目に入り、本当に言葉通りだったと唖然《あぜん》とする。

「真琴、あの男はなんのために同行したんだ？」

すっかり呆《あき》れ返った天馬を他所《よそ》に、真琴は可笑《おか》しそうに笑った。

「まあいいじゃん。それに、さっきの部屋まで付いてきてたら、報酬の上乗せを要求して大変なことになってたと思うよ」

「……確かに。お前だけでもかなりギリギリだったっていうのに、考えただけで背筋が凍るな」

「普通に穏便に終わったでしょ」

「どこがだ。俺らが当主の紹介じゃなければ殺されてるぞ」

天馬はブツブツ文句を言いながら、金福が居座るルーレット台に近寄り、顔の前で手をひらひらと振る。

「金福さん、行きますよ」

「…………」

「金福さん？」

しかし金福は依然として動かず、腕に触れようと肩を揺らそうと、反応ひとつなかった。

さすがに少し心配になったけれど、真琴は慣れているのか平然と金福に背を向け、天馬の腕を引く。

「起きたら起きたで面倒だから、このまま置いて行こうよ。そもそも、山田さんとの交渉に同席するのが金福の目的だったんだろうし、現場に付いて来られても邪魔なだけでしょ」

「……容赦ないな」

言い方はともかく、ひとたび冷静になって考えてみれば、確かに真琴の言う通りだった。

天馬は金福を正気に戻すのを諦《あきら》め、背後で待機する男に「気がついたら外に放り出しておいてください」とだけ伝え、出口へ向かう。

そして、雑居ビルを出るやいなや、山田から渡された連絡先へと電話をかけた。

すると、呼び出し音が鳴る隙すら与えない素早さで通話が繋《つな》がり、女性が「お疲れ様です」と応答する。

その出方からして、仕事専用に持たされている携帯なのだろう、天馬の番号からかけても訝《いぶか》しんでいる雰囲気はなかった。――けれど。

「天霧屋で祓屋《はらいや》をやっております、三善と申します。これから伺いたいのですが、どちらに――」

「ええ伺っております。この番号にこちらの住所を送りますので、いらしてください」

祓屋と名乗った途端、声色が変わった上にせっかちに遮られ、天馬は戸惑う。

ただ、世の中のほとんどの人間が祓屋という響きに不信感を持っているため、こういった対応はとくに珍しいことではなかった。

「了解しました。向かいます」

「では、失礼します」

数秒足らずの会話を終えた瞬間に携帯に届いたのは、住所のみが書かれたショートメール。

早速地図アプリで確認したところ、すぐ近くに目的地のピンが立ち、所要時間は現在地から徒歩五分と表示された。

「やけに近いな」

「ラッキーだね。行こうよ」

天馬は頷《うなず》き、地図の案内を参考に通りを進む。

やがてたどり着いたのは、商店街のはずれの少し小高い場所に佇《たたず》む、ずいぶん立派なマンションだった。

鎌倉市には、鎌倉市都市景観条例によりいわゆるタワーマンションはないが、そこは敷地が驚く程広く、建物の周囲には庭園が広がっており、都心のタワマンに引けを取らない高級感を醸し出している。

門を抜けると、長い石畳の先にはガラス張りのエントランスがあり、革張りのソファセットが並ぶロビーまで広々と見通すことができた。

「うわぁ、やっぱ……！　愛人の子って言ってたけど、よっぽど可愛がってるんだね……」

真琴が感嘆の声を上げ、天馬も頷く。

「相当儲かってるんだろうな、裏カジノは」

「いやー……、暴力団対策法が厳しくなって、取り締まりがきついって聞いたことあるけど、上手《うま》くやってるところもあるんだなぁ……」

「……なんでそんなこと知ってるんだ」

「そりゃあもう、いろいろな経験をしてきたんでね。……聞きたい？」

真琴はさも楽しそうに勿体《もったい》ぶるが、ヤクザからの依頼中に物騒な話はあまり聞きたくなく、天馬はそれを無視して先にエントランスへ向かった。

真琴はわかりやすく不満げな表情を浮かべながらも、天馬の後に続く。

そして、エントランスにて、メールに記されている通り「401」の部屋番号を押すと、ごく短い応答の後にオートロックが開いた。

その後、広いロビーを抜けた先のエレベーターに乗って四階で降りると、おそらくフロアに一室しかないのだろう、正面にいきなり扉が立ちはだかる。

その時点で中は相当広いのだろうと思ってはいたけれど、インターホンを押して玄関が開いた瞬間、予想をはるかに上回る光景に天馬は思わず絶句した。

というのも、玄関ホールは吹き抜けになっており、天井に設置された大きな窓の向こうには、青い空が広がっていたからだ。

「え、2フロア？　ペントハウスってこと……？」

真琴が呆然《ぼうぜん》と見上げる中、天馬は顔を出した使用人と思《おぼ》しき女性に慌てて頭を下げる。

「初めまして、三善天馬です」

電話での反応からして冷たい対応を覚悟していたけれど、使用人の女性はずいぶん焦った様子で、早速天馬たちを中へと促した。

「あの……、今もまさに、最中でして」

「はい……？」

「涼香《りょうか》様が今、お部屋でおかしな儀式を」

「涼香様？……ああ、お嬢さんですね」

「あっ、……はい」

途端に目を泳がせた使用人の反応から察するに、おそらく山田から、涼香の名前を伏せるよう言われていたのだろう。

使用人の混乱のせいで早くも知ってしまうことになったが、マンションでありながら他から隔離されたこの部屋のセキュリティの高さを考えれば、他人に名前すら明かしたがらない徹底ぶりにも納得がいった。

そんな中、真琴は天馬の横をすり抜け、許可も得ずにずかずかと玄関を上がり、正面の廊下を進んでいく。

「お、おい真琴！……すみません、お邪魔します！」

天馬が慌てて後を追うと、廊下の奥には吹き抜けのリビングがあり、真琴はそこをぐるりと見回した後、左手にある階段の上方で視線を止めた。

「お前、勝手に先に行くなって……！」

追いついてすぐに文句を言ったものの、真琴はそれを無視し、険しい表情を浮かべる。

——そして。

「気配からしてもう最中ではないみたいだけど、二階の手前にある部屋の空気、かなり澱《よど》んでるね。聞いてた通り、なかなか本格的な降霊術をやってたっぽい」

そう言って、不敵な笑みを浮かべた。

「……お前、この一瞬でそこまでわかるのか」

「当然でしょ」

真琴は驚いて尋ねた天馬にあっさりと頷き、ようやく追いついてきた使用人に手招きをする。

「ねえねえ使用人さん、涼香ちゃんが儀式をやってるのって、二階の手前にある、リビングに面した部屋だよね？」

使用人は大きく目を見開いた後、ぎこちなく頷いてみせた。

「は、はい……。ですが、どうしてそれを……」

疑問に思うのも無理はなく、実際に入ってみた涼香の家は個人宅と思えない程に広く、リビングから見回しただけでも、相当数の部屋があることは明らかだった。

長い廊下があった一階はもちろんのこと、リビングの左右の階段から続く二階部分にも、さらに奥へと延びる廊下が見える。

そんな状況の中、一瞬で涼香の居場所を当てるなんて、気配のわからない使用人にとってはよほど衝撃的だったのだろう。

ただ、そのお陰もあってか、使用人からは、電話で話したときに感じたような、面倒臭そうな雰囲気がすっかり払拭《ふっしょく》されていた。

真琴は返事を聞いて満足げに笑い、突如左手の階段を駆け上がると、涼香がいると思しき一番手前の戸を激しくノックする。

「ねえねえ！　ちょっと開けて！」

しかし、中からはまったく応答がなく、真琴は階段の手すり越しに天馬を見下ろし、首を振ってみせた。

「ねえ、出て来ないんだけど」

あまりに不躾《ぶしつけ》な行動に、天馬はただただ唖然《あぜん》とする。

同時に、金福の騒ぎですっかり忘れていたけれど、真琴の非常識さもかなりのものだったと、今になって思い出していた。

「そんな呼びかけに応じる奴なんか存在しないだろ……」

「え、なに？　聞こえないんだけど」

「いいから戻れ。勝手なことをするな」

天馬はうんざりしながら、一度ゆっくり呼吸をして気持ちを整える。

そのときふと、リビングのチェストの上に飾られた、一枚の写真が目に入った。

そこには四十代くらいの女性と制服姿の少女が写っており、二人とも幸せそうな微笑みを浮かべている。

おそらく涼香と母親なのだろうが、二人とも、とくに涼香に関しては、山田のいかつい見た目からは想像できないくらいに可愛らしく、大人しそうに見えた。

「……そちらは涼香様と、お母様の静香《しずか》様です」

思わず見入っていると、使用人が予想通りの説明をくれ、天馬は頷く。

「なるほど。ちなみに、今日はお母様はご不在でしょうか」

その方が都合がいいと考えての単純な問いだったが、使用人はなんだか複雑そうな表情を浮かべ、首を縦に振った。

「ええ。……と言いますか、静香様はあまり家には戻られませんので」

「戻らない？」

「はい」

使用人はとくに詳しく話さなかったが、あまり良い事情でないことは表情とニュアンスに滲《にじ》み出ており、天馬はあまり詮索《せんさく》すべきでないと写真から視線を外す。

しかし。

「もしかして、遊び回ってるとか？　いいなぁ、お金ありそうだもんね」

いつの間にか一階に戻っていた真琴が無遠慮な質問をし、使用人が硬直した。

「おい……、やめろ」

「だって羨《うらや》ましいじゃん。相手が山田さんみたいに特殊な人だと、逆に愛人の立場の方がおいしかったりすんのかなぁ。ま、子供の立場からすると、たまったもんじゃないだろうけどさ」

「やめろって言ってるだろ」

「いやー、そんなんじゃ、引きこもって妙な降霊術にはまりたくもなるよねぇって思って」

「いい加減に……」

「――本当に、その通りだと思います」

突如割って入った使用人の声がこれまでになく感情的で、天馬と真琴は同時に視線を向けた。

使用人は涼香たちの写真を手に取り、物憂げに視線を落とす。

「私は長くここに勤めさせていただいておりますが、……正直、ここ数年は思うことがいろいろとあり」

「え、ちょっ……、いいの？　そんなこと言っちゃって」

「ひとり言、ということにしていただけると」

「えぇ……」

「静香様の外出が増えるごとに、涼香様はどんどん口数が少なくなってしまい、……今やお戻りになってもお部屋から出ていらっしゃいません。お食事もお部屋で召し上がられますし、よほど傷ついていらっしゃるのだろうと、私はただただ、不憫《ふびん》で仕方がなく……」

使用人はよほど溜《た》まっていたのか、珍しく戸惑っている真琴の反応を無視して訥々《とつとつ》と続けた。

山田からは住み込みだと聞いているし、長く勤めているならなおさら、おそらく涼香に対して家族のような感覚を抱いているのだろう。

門下たちと家族のように育った天馬には、当然、その気持ちがよくわかる。

ただ、だからと言って、さすがに依頼主の家庭の事情に首を突っ込むわけにはいかなかった。

「あの、……我々は祓師《はらいし》ですので、降霊術によって涼香さんに憑《つ》いてしまったと思《おぼ》しき悪霊を祓《はら》うことはできます。……が、生活環境についてはどうにもなりませんから、その点は母親とお話しされた方が」

天馬が控えめにそう言うと、使用人は辛《つら》そうに視線を落とす。

「それは、そうなんですが……。意見すると、すぐに解雇されてしまいます。元々三人いた使用人も、今や私しかおりませんし」

「……な、なるほど」

提案はあっさりと流され、内心、ややこしい展開になってしまったと、天馬は頭を抱えた。

しかし、そのとき。

「でもさ、十七歳なら少し待てば成人じゃん？　そしたら親云々《うんぬん》は無関係に生きたいように生きられるわけだし、そこまで心配する必要ないよ」

真琴が軽い口調でそう言い、使用人が顔を上げた。

「それは、そうですが……。このままずっと引きこもっておかしなことを続ける可能性も……」

「成人したなら、それはそれで本人の責任なんだし、選択は自由だよ。別に適当なことを言ってるつもりはなくて、それができる環境があるなら別に他人がとやかく言うことじゃないし、もしかすると、このまま降霊術を極めてそれを仕事にするっていう道もあるかもしれないしさ」

「おい、真琴……」

「とにかく、親の言いなりでなきゃいけない時期はもうすぐ終わるんだから、そんなに過保護に心配する必要ないってこと。自分で選ばざるを得なくなったら、言いなりだった生活も案外楽だったなって思うパターンもあるしね」

おそらく、真琴は山田家のセンシティブな話題を強引に終わらせようとしているのだろうと、天馬は聞きながら思っていた。

ただ、「自分で選ばざるを得なくなったら、言いなりだった生活も案外楽だったなって思うパターンもある」という言葉は、思いの外、天馬にも刺さっていた。

三善家に生まれ、正玄の意のまま祓屋《はらいや》となり、心の中ではじりじりと葛藤《かっとう》を燻《くすぶ》らせつつも次期当主という立場をぼんやりと受け入れて生きてきたけれど、いざすべてから解放されたときのことを想像しても、天馬には特別やりたいことはない。

居ることも出ることも選べない自分が、もし肩書きも家も失った場合はどう生きていくのか、考えたら少し怖くなった。

「──かといって、消去法で現状に甘んじるのはやっぱり舐《な》めすぎだよな……」

つい考えに耽《ふけ》ってしまいひとり言を零《こぼ》すと、真琴が怪訝《けげん》な表情を浮かべる。

「え、なに急に、どうしたの天馬」

「選択か……」

「天馬って」

「どのみち意思がないと……」

「ちょっと！」

ようやく我に返ったのは、真琴から思い切り足を踏まれた瞬間のこと。

「いっ……！」

突き抜けた痛みに顔をしかめると、真琴が煩わしそうに溜め息をついた。

「いっ……じゃないって。急にブツブツ言い出すのやめて、怖いから」

「……悪い」

「とりあえず！……涼香ちゃんに会わなきゃ全然話が進まないから、なんとしても出てきてもらうよ」

真琴はそう言って天馬の腕を強引に引き、ふたたび二階へと向かう。

天馬はいまだ余韻を残す足の痛みに耐えながら、連れられるままに階段を上った。

しかし、ノックをしてもやはり反応はなく、真琴は床に這《は》いつくばり、戸の隙間から中の様子を窺《うかが》う。

「……おい、やめろ」

目に余る姿に天馬は思わず文句を言うが、真琴に止める様子はなかった。

「さっきまで降霊に勤《いそ》しんでたわけだし、多分、寝てはいないよね……。どうやったら出てきてくれるんだろ。使用人さん、なんか案ある？」

真琴がそのままの姿勢で尋ねると、心配そうに付いてきた使用人は、少し考え小さく首を横に振る。

「いえ……、夜になれば入浴のために部屋から出ていらっしゃいますが、まだしばらくかかるかと」

「そっかー。……ってか、そろそろ名前は聞いていい？」

「そういえば、まだ名乗っておりませんでしたね……。失礼しました、私は山根《やまね》と申します」

「了解。で、山根さんは、涼香ちゃんがハマってるものとか知ってる？　どんなものでもいいんだけど」

「ハマっているもの、ですか……」

山根はずいぶん真剣に悩んでいたけれど、結局なにも浮かばなかったのか、やがて申し訳なさそうに息をついた。

「すみません……、最近のことはわかりません。それこそ、今は妙な儀式に夢中ですから、他にはまったく興味がないのでは……」

「降霊術一本かぁ。ま、かなり本格的にやってるってことは気配からわかるし、要は心霊オタクってことだよね」

「さ、さあ、詳しくはよく」

「もしそうだとするなら、本物の祓屋なんて恰好《かっこう》のネタなんじゃ……」

「ネタ、ですか」

「ま……試しに釣ってみよっか」

立ち上がりながらニヤリと笑った真琴を見て、天馬は途端に嫌な予感がした。

一方、真琴は戸の前に立ち、今度は控えめにノックをする。――そして。

「ねえ涼香ちゃん、祓屋って知ってる？　私たち、天霧屋っていうところから来たんだけど、ここに次期当主候補が……」

「ま、待て！　堂々と名乗るな！　俺らは一応社会から隠……」

勢いよく戸が開け放たれたのは、天馬が慌てて真琴を制した瞬間のこと。想定以上の食いつきだったのだろう、さすがの真琴も目を丸くしていた。

そんな中、天馬がなにより驚いていたのは、真琴の狙い通りに釣れたことではなく、現れた涼香の姿。

金髪に、派手なメイクに、大量の装飾が盛られた長いネイルにと、涼香はついさっき写真で見た大人しそうな姿とはまるで別人であり、やや旧時代のギャルといった様相だった。

真琴はしばらく絶句した後、くるりと振り返って天馬と目を合わせる。

「あのさ、……この子今、なんか変な霊に操られてる？」

「今は気配は感じない。……一応言っておくが、見た目の話なら霊とは無関係だぞ」

酷《ひど》く失礼な発言だが、真琴にふざけている様子はなく、おそらく若者の文化についてまったく無知なのだろうと天馬は思う。

涼香は馬鹿にされたと思ったのか、さも不満げに眉《まゆ》を顰《ひそ》めた。

しかしそれでも部屋に戻る様子はなく、むしろ廊下に一歩足を踏み出し、袴姿《はかますがた》の天馬を上から下までまじまじと見つめる。

「すごい恰好してんね」

「君が言うのか」

「祓師ってマジ？」

「そうだが」

「本物？」

「だったら？」

「はは！」

ほんの短いやり取りで、会話を成立させるのは難しそうだと天馬は察した。

かたや真琴は突如涼香の手首を摑《つか》んで引き寄せ、間近からその目を覗《のぞ》き込む。

「ちょっとなにす……」

「確かにいるね。奥に」

「は？……まさか、あんたも祓師《はらいし》？　その恰好で？」

「そうだよ。お父さんから、娘が変なのに憑《つ》かれてるから祓《はら》ってほしいって言われて来たの」

涼香は、真琴が「お父さん」という言葉を口にした途端、わかりやすく不快感を露《あら》わにした。

そして。

「……そういうことね。ってかお父さんじゃないし、そもそも私がなにやってようとあの人に関係なくない？　放っておいてほしいんだけど」

早口でそう捲《まく》し立て、即座に部屋へと後退《あとずさ》った。

しかし真琴は涼香の手首を離さず、ふたたび引き寄せて視線を合わせる。

「ねえ、それどうやって降ろしたの？」

その淡々とした問いには、妙な迫力があった。

涼香はしばらく黙り込んだ後、やがて逃げられないと察したのか、戸の隙間を少し広げ、部屋の方へ視線を向ける。

「……どうって。ネットで調べたんだけど」

真琴と天馬が中を覗き込むと、部屋一面には白い布が敷かれ、中央には蠟燭《ろうそく》で四方を囲んだ小さな台があり、祝詞《のりと》が綴《つづ》られた冊子と、人の形を模した小さな紙が置かれていた。

「あの人の形のやつって、依代《よりしろ》だよね」

「……そうだけど」

依代とは、霊を一時的に留《とど》めておくための道具であり、かつて陰陽師《おんみょうじ》が霊を式神として従えていた大昔に使っていたものだ。

だが、現代の祓師の間では式神自体が伝説のような扱いをされているため、目にすることはあまりない。

ただ、エンタメ的な意味での心霊グッズとしてはよく出回っており、涼香のようにネットで知識を得る人間には広く認知されている。

天馬は依代を見てすっかり呆《あき》れるが、真琴はいたって真面目に言葉を続けた。

「なんで依代を準備したのに、涼香ちゃん自身に霊が憑いてんの？」

「そ、それは……」

「式神にするつもりが、上手《うま》くいかなかったとか？」

「…………」

「まぁそれはともかく、思ったよりちゃんとしたもの揃えてるんだね。シンプルだけど、余計なものがない方が成功率は上がるし」

「は……？」

「ってか、かなり霊感強いでしょ。どんくらい視える？」

てっきり降霊術の危険さを説く流れかと思いきや、真琴の問いには次第に興味本位のようなニュアンスが滲《にじ》み、涼香は明らかに戸惑っていた。

天馬は内心不安を覚えつつ、もしこれが涼香の心を開かせる作戦だとするなら悪くない傾向だと、ひとまず黙って様子を窺う。

「私の霊感が強いかどうかなんて知らないよ……。たまに視えるくらいだし……」

「ぼんやり？　はっきり？」

「前はぼんやりだったけど、降ろした霊が自分の中に入ってきてからは結構はっきり視えるようになったし、降霊術も上手くいくようになった気がする、かも」

「なるほど。やっぱ素質あるね。貴重な人材かも」

「素質？……え、あるの？　私に？」

「あるある。ちゃんとした方法でやれば、もっとやばい霊を降ろせると思うよ」

「……おい、真琴」

さすがに看過できない発言に、天馬は慌てて言葉を挟んだ。

しかし真琴は振り返りもせず、後ろ手に追い払う仕草をしながら、平然と会話を続ける。

「もっとやばい霊ってたとえば？　私さ、動物霊とか欲しいんだけど。かっこよくない？」

「うーん、動物霊はまだレベルが高すぎるかなー。でも、少なくとも、今涼香ちゃんに憑いてる雑魚《ざこ》よりはいいやつが降ろせるよ」

「マジ？　ってかコレ雑魚なの？」

「実際に見てないからはっきりとは言えないけど、気配からすれば、多分。だから、体に馴染《なじ》む前に他のと入れ替えた方がいいよ。さすがに素人の体に一体以上入れるのは危険だから」

「そう、なんだ……。雑魚か……」

「ってか、一旦《いったん》見せてくれない？　自分の意思で呼び出せる？」

その発言を聞いた途端、ずっともどかしい思いで会話を聞いていた天馬は、真琴の狙いを察した。

おそらく、涼香の意思で霊を引っ張り出させ、その瞬間に祓ってしまおうという算段なのだろうと。

もしそうなら、祓う素早さからして自分が適していると、天馬はこっそりと懐の中の呪符《じゅふ》を握り、いつでも動けるよう待機する。――そして。

「いつも勝手に出てくるから、自分の意思で自由にってわけじゃ……」

「だったら、体の力を抜いて、心の中でゆっくり語りかけてみてよ。――〝この体を、あげる〟って」

真琴がそう伝えた瞬間、天馬は自分の予想に確信を持った。

涼香はすっかり真琴を信じている様子で、やや目を輝かせて頷《うなず》く。

「わかった。……でも、体をあげるって言い方ちょっと怖いんだけど」

「大丈夫だよ。万が一なにかあっても、こっちはプロなんだから」

「確かに。……じゃ、ちょっと待って」

辺りの空気が変化したのは、その直後のこと。

同時に、涼香の体から、じわじわと黒い澱《よど》みが広がりはじめた。

それらは不気味に周囲の空気を揺らしながら徐々に濃さを増し、次第に涼香の頭の上で人の顔のようなものを象《かたど》っていく。

もちろん一般人には視えないものだが、山根にも空気の異様さだけはわかるらしく、祈るように胸の前で両手を組んだ。

天馬はそんな山根を背中に庇《かば》い、集中してタイミングを待つ。

そして、涼香から溢《あふ》れ出た澱みが、間もなく二階の廊下一帯を埋め尽くした、そのとき。

天馬は懐から呪符を取り出し、素早く祝詞を唱えた。

正直、タイミングとしては、これ以上ないくらい完璧《かんぺき》だった。

現に、祝詞を唱えるごとに、気配がみるみる薄くなっていく手応《てごた》えをはっきりと感じたからだ。

そもそも、天馬にとってこの程度の悪霊ならば祓うのは造作もなく、むしろ、これまで祓ってきた中でも、かなり容易な部類とも言える。

ここ最近というもの、命の危険を感じるような悪霊ばかりを相手にしてきたせいか、なおさら楽に感じられた。――しかし。

「ちょっ……、馬鹿！」

突如真琴に呪符を奪われ、祝詞が途切れる。

同時に、消えかけていた瀝みはふたたび濃さを取り戻し、涼香の体の中へと素早く逃げ込んでしまった。

まさかの出来事に、天馬は呆然《ぼうぜん》とする。

一方、真琴は勢いよく天馬の胸ぐらを摑《つか》んだ。

「勝手になにしてくれてんのよ……！」

「は……？　お前なに言ってるんだ、どう考えてもこっちの台詞《せりふ》だろ……！」

「信じられない！　ここまで空気が読めないなんて……！」

「空気を読んだ上での行動だろうが」

「いやいや、普通は……」

「――ねえ、もしかして、私のこと騙《だま》した？」

突如割って入った涼香のひと言で、天馬と真琴は同時に口を噤《つぐ》んだ。

おそるおそる視線を向けると、涼香は怒りで瞼《まぶた》を震わせながら、二人を睨《にら》みつける。

「こっちがなんにもわからないとでも思った？　結局、最初から祓《はら》う気だったんじゃん！」

「いや待って、違うから。今のはちょっとした手違いで……」

「信じられない。マジで最悪」

「ちょっ……」

「もう二度と来ないで。……山根さん、すぐに二人を追い出してよ」

「で、ですが、涼香様……」

山根が躊躇《ためら》いがちに宥《なだ》めたものの、涼香はいっさい聞く耳を持たず、部屋へ戻って勢いよくドアを閉めてしまった。

ガチャンと内鍵《かぎ》がかかる音を最後に、辺りはしんと静まり返る。

三人の間にも、重く長い沈黙が続いた。

やがて、この空気に堪えられなくなったのか、山根が二人を一階へと促す。

「と、とりあえず、お茶でも淹《い》れますから、一旦ソファへどうぞ……」

ひとまず勧められるままソファに腰を下ろすと、山根は逃げるようにキッチンへ向かった。

「で、……どういうつもりだ」

二人になったリビングで、先に口を開いたのは天馬。

真琴は眉間《みけん》に深く皺《しわ》を寄せ、天馬を睨みつけた。

「なにその質問。逆に、なんでわかんないの？」

「……わかるわけないだろ。あの状態で、祓う以外にどんな選択肢がある。あったとしても、せっかく出てきた悪霊を逃してまで俺を阻止する理由がわからん」

「馬鹿なの？　もっと真剣に考えてよ」

「いちいち勿体《もったい》ぶるな」

文句を言うと、真琴はソファの背もたれにぐったりと背中を預ける。

そして、さも面倒臭そうな様子で、ようやく説明をはじめた。

「あの子はさ、降霊術の高い資質を持ってるんだよ。たとえ祓ったところで、どうせ次を降ろしちゃうわけ」

「だから？」

「いや、だからさ、祓っても意味ないんだって。つまり、危ないことだって理解させないと、ひたすら繰り返すだけなの」

「で？」

「だったら、変に否定するよりも、正しい知識を入れてあげた方がいいでしょ。でもそれって時間がかかるし、その間は、弱い霊にあえて憑《つ》かせておきたかったわけ。だから私は、今涼香ちゃんに憑いてる霊がどの程度のものかを確認しようと思ったんだよ」

「なるほど」

「なのに、天馬が馬鹿のひとつ覚えのように祓おうとするから……」

「――つまり、……お前は、一般人が憑かれても安全な霊が存在すると思ってるんだよな」

ほんの一瞬、真琴が小さく瞳《ひとみ》を揺らした。

いかにもなにか言いたげだったが、天馬は構わず続ける。

「一応言っておくが、俺らのように警察とベッタリな祓屋《はらいや》が最優先するのは、人の命だ。そのために、少しでも危険だと判断した悪霊に関しては、これまで片っ端から祓ってきた。そうしなければ、悪霊の知識も耐性もない一般人は、あっさり死ぬからだ。……お前のように、客を選ぶ流浪の祓屋は考えたこともないだろうが」

「…………」

「ただ、……前に由比ヶ浜《ゆいがはま》で、子供を失った母親の霊と対峙《たいじ》したときに、あえて祓わないというお前の考えも理解したつもりだし、正直、共感した。そういうケースがあることを知る、良いきっかけになったとも思ってる。……が、そんなふうに元々まったく違う考えを持っている以上、お前が言う〝なんでわからないのか〟という問いはあまりに一方的で横暴だろう。俺が未熟なのは事実だし、責めたいなら好きにすればいいが、お前の考えていることすべてが当たり前に伝わると思ったら大間違いだぞ。守るべきものの優先度が違うんだから」

「…………」

「俺と組むなら、その点を理解してもらわないと困る。なにも言わずに勝手に進めた挙句、思うようにいかないからってキレるのは理不尽だ。それは、協力関係とは呼ばない」

思うままを淡々と口にしながら、真琴との協力関係はここで終わりを迎えるだろうと、天馬は密《ひそ》かに予感していた。

群を抜いて高い能力を持つ真琴が、格下の祓師《はらいし》にここまで言われ、迎合したり歩み寄ったりする展開がまったく想像できなかったからだ。──しかし。

「……その通りだわ」

長い沈黙の後で真琴が口にしたのは、天馬が予想していたどの言葉とも違っていた。

「……は？」

理解が追いつかない天馬を他所《よそ》に、真琴はさらに続ける。

「ごめん。完全に、天馬の言い分が正しい。ぐうの音も出ない」

「…………」

「……謝ってんだけど」

「い、いや、……悪い」

「……なにが？」

「…………」

二人の間には、かつてない微妙な空気が流れていた。

すっかり混乱した天馬には、この状況をどう処理すべきか見当も付かず、ただただ硬直する。

そんな中、真琴はどこか所在なげに膝《ひざ》を抱えながら、天馬にチラリと視線を向けた。

「じゃあ仲直りってことで、……とりあえず、これからどうするか考えようよ」

「そ、そうだな」

「このままじゃ、山田さんに殺されちゃうしね」

「…………」

その言葉で、天馬は途端に自分たちが置かれている状況を思い出す。

今回の依頼の結果如何《いかん》には、山田から別れ際に言われた「失敗はもちろん、約束を破るのは論外」という言葉通り、自分たちの身の安全がかかっているのだと。

とはいえ、涼香を怒らせるという致命的なミスを挽回《ばんかい》するのはあまりに難題であり、ふたたび長い沈黙が流れた。

「……少なくとも、今日はもう無理だろうな。日を改めるしかない」

結局、なんの策も浮かばずにそう言うと、真琴も頷《うなず》き、天井を仰ぐ。

「だねぇ。面倒臭いけど、涼香ちゃんが食いつきそうな祓屋グッズとかを集めた方がいいかも」

「お前、いかに危険かを説得するって言ってたよな。そんなものを渡したら、余計エスカレートしないか」

「でも、とにかく顔を出してくれなきゃ始まらないからさ」

「それは、そうだが……」

「ただ、のんびりもしてらんないよね。天馬からすれば、いつ死ぬかわかんない状況なわけだし」

「……突っかかるな」

自分で「仲直り」などと言っておきながら皮肉を言う真琴に、天馬はやれやれと溜《た》め息をつく。

結局、イエスマンの金福だけを相棒としてきた真琴には堪《こら》え性がないのだと不満が込み上げたけれど、もはや喧嘩《けんか》する気力は残っておらず、すべて飲み込むしかなかった。

やがて、リビングに戻ってきた山根が、テーブルにお茶を並べながら躊躇いがちに天馬を見上げる。

「あの……、今日はもうお帰りでしょうか……」

目は泳ぎ、声も酷《ひど》く不安げだったが、涼香には包丁を持って暴れた前例があるのだから、住み込みの山根がそうなるのも無理はなかった。

天馬は少し考えた後、懐から呪符《じゅふ》を取り出し、それに向かって短い祝詞《のりと》を唱えた後、山根に差し出す。

「我々は後日に改めますが、こちらをご自身の部屋の内側に貼っておいてください。この呪符には結界の効果がありますので、少々の悪霊なら立ち入れなくなります」

「は、はあ……。これを、ですか……」

山根はかなり訝《いぶか》しんでいる様子だったが、見慣れない呪符を渡された上、結界なんて言われれば誰でもそうなって当然だと、天馬は自分を納得させた。

ただ、こういうときはどうしても、自分たちが一般社会からいかにズレているかをより強く認識してしまい、なんとも言えない気持ちになる。

一方、真琴は平然とした様子で出されたお茶を一気に呷《あお》り、早くも玄関へ向かった。

「じゃ、一旦《いったん》帰って作戦を立てよう」

天馬は余計な考えを頭の隅に追いやり、涼香の部屋を気にかけながらも、真琴の後に続く。――しかし。

真琴が玄関の戸を開けた瞬間、突如、リビングの方から異様な気配がした。

「……真琴」

名を呼ぶと、真琴も察したのだろう、小さく頷きふたたび戸を閉める。

そして。

「なんか……、ひと暴れしそうな雰囲気だね」

なぜか高揚した様子で、ゆっくりリビングへ引き返した。

天馬は山根にここで待つよう伝え、真琴の後に続く。

「俺らの気配が煽《あお》ったか」

「かもね。……で、どうする？」

「どうするもなにも、暴れ出したらもう祓《はら》うしかないだろ」

「やっぱり？……もう涼香ちゃんの説得なんて悠長なこと言ってる場合じゃないか……」

「それに、一旦祓ってさえしまえば、ひとまず山田さんの依頼は完了となる。説得を含めた今後の対応は、それから改めて考えればいい」

「ま、その方が余計なこと考えなくて済むしね。……なら、とりあえず悪霊を引っ張り出して祓おう。……ただ、体から完全に切り離してからじゃないと涼香ちゃんの精神に影響するから、そこはちゃんと見極めてね」

「馬鹿にするな、それくらいわかってる」

天馬はいつも通り文句を言いつつ、真琴が偉そうながらも方針を細かく相談してきたことに、内心驚いていた。

どうやら、さっきの苦言が思った以上に効いているようだと。

かなり意外ではあったが、お陰でやるべきことに迷いがなくなり、天馬の心持ちはさっきとまったく違っていた。

天馬は気配に集中しながら廊下を進み、リビングの手前で一旦立ち止まる。

そして、涼香の部屋の方を見上げ、思わず息を呑《の》んだ。

なぜなら部屋の周囲には、ここへ来たときとは比にならないくらいの、不穏で濃密な気配が渦巻いていたからだ。

「これは、まずい……」

「だね。のんびりしてたら、涼香ちゃんがまるっと乗っ取られちゃうかも」

「……戸を壊してでも乗り込むしかないな」

天馬は真琴にそう伝えて階段の下へ移動し、気配を潜めて一段ずつ上りながらゆっくり部屋へ迫る。

涼香の部屋の前は、すでに戸も壁も見えない程真っ黒に澱《よど》んでいた。

その禍々《まがまが》しさを全身で感じながら、涼香に憑《つ》いているのは想定していたよりもずっと厄介な悪霊かもしれないと、天馬は察する。

だとすれば出直さなくて正解だったと、天馬は懐から出した呪符を強く握り締め、さらに階段を上った。──そのとき。

バン！　と激しい音が鳴り響くと同時に、涼香の部屋の戸が開け放たれた。

想定外の出来事に身構える隙もないまま、段上から一気に流れ落ちてきた澱みの圧に押され、天馬は階段の一番下まで滑り落ちる。

「ちょっ……、痛いって！」

巻き込まれた真琴が文句を言うが、そのときの天馬には、いちいち答えている余裕はなかった。

二階から、強い怒りに満ちた、酷く禍々しい視線を感じたからだ。

天馬は嫌な予感を覚えつつ、ふたたび二階に視線を向ける。──瞬間、開け放たれた戸の奥から、こちらをじっとりと見つめる黒い影が確認できた。

それは左右にゆらゆらと大きく揺れながら、やがて廊下へと姿を現す。

天馬の背後で、真琴が息を呑んだ。

「あれって涼香ちゃん……だよね？」

語尾が疑問系の理由は、聞くまでもない。

天馬たちの視線の先にいたのは、服装や金髪の頭からして明らかに涼香だったのだが、その顔には老婆さながらの深い皺《しわ》が何本も刻まれていた。

よく見れば両手足も枯れ枝のように老いており、まるで歩き方を忘れたかのようなぎこちない動きで、少しずつ階段の方へと迫ってくる。

「やっぱりお婆ちゃんの霊だったのか……」

真琴はのん気な感想を口にしているが、天馬はそれを無視し、改めて呪符を握り締めて一度深呼吸をした。

「……とにかく、体の中から引きずり出す」

しかし、真琴は天馬の着物の裾《すそ》を摑《つか》んでそれを制する。

「いや……、ちょっと待って……」

「なんだよ、こんなときに」

「そうなんだけど、……まあいっか、一旦やってみよう」

意味深な言い方が気になったけれど、今は理由を聞いている暇などなく、天馬は立ち上がってふたたび階段に足をかけた。

そして、ガタガタと震えながら迫り来る涼香を正面に捉《とら》え、ゆっくりと祝詞を唱えはじめた。

途端に周囲の空気がピリッと張り詰め、黒く澱んだ空気が天馬を避けるように退いていく。

やがて、手にした呪符が祝詞に呼応するように熱を持ちはじめた、そのとき。天馬は階段を一気に駆け上がって、涼香の額に素早く呪符を押し付けた。

たちまち周囲の空気が大きく揺れ、リビングの窓ガラスがビリビリと震える。

それと同時に、涼香の体から、黒い塊のようなものが背後に向かって勢いよく弾《はじ》き出された。

涼香の顔もすっかり元通りになり、ひとまず上手《うま》くいったようだと天馬は確信する。

――けれど。

涼香から抜け出した黒い塊は、床の上で大きく蠢《うごめ》いたかと思うと、信じがたい速さで戻り涼香の足首を掴んだ。

「しつこい……！」

天馬は慌てて二枚目の呪符を取り出すが、そうこうしている間にも、涼香の両足はみるみる水分を失い、黒く変色していく。

すぐに引き離さなければならないが、真琴が唯一認める天馬の素早さをもってしても祝詞は間に合わず、黒い影はふたたび涼香の体の中へ入り込んでしまった。

それと同時に、額に貼った呪符は真っ二つに千切れ、濃密な気配に煽られるまま天井へと舞い飛んでいく。

やがて涼香の顔にはさっきと同様に何本もの深い皺が刻まれ、ほんの一瞬で、すっかり元の様相を呈した。

「早すぎる……」

一瞬の出来事に驚愕《きょうがく》し、天馬の声が小さく揺れる。

しかし怯《ひる》む隙すら与えられず、涼香は怒りを露《あら》わに飛びかかってきたかと思うと、天馬もろとも階段の下へと転がり落ちた。

あまりの衝撃に部屋が大きく振動するが、それでも涼香の勢いは緩むことなく、すぐに起き上がって天馬に摑みかかる。

「涼香様……！」

物音を聞いて心配したのだろう、リビングへ戻ってきた山根が真っ青な顔で悲鳴を上げ、涼香に駆け寄った。

「ちょっと！　危ないって！」

即座に真琴がそれを制して壁際まで引き戻すが、パニック状態の山根は首を横に振る。

「で、ですが！　今、二階から……！」

「一旦落ち着いて。今涼香ちゃんを動かしてるのは悪霊なんだよ！」

「だとしても、お体は涼香様のものです……！　お怪我でもさせようものなら、ご主人様が……」

「それは！……まあ、確かに」
真琴が黙るのも無理はなく、山根の主人、つまり山田の涼香への溺愛《できあい》っぷりを考える
と、怪我をさせるなんて言語道断であることは容易に想像がついた。
涼香に襲いかかられながらもそのやり取りを耳にしていた天馬は、ならばどうしろと
言うのだと、すっかり途方に暮れる。
勝手に暴れている相手に対し、自分の身を守りながら怪我まで気にかけるなんて、無
理難題だからだ。
かたや涼香はそんな都合など知らぬとばかりに天馬を壁際まで追い込み、その両肩に
爪を立てた。
尖《とが》ったネイルが食い込む感触はあまりに耐えがたく、天馬はなんとか涼香を引き剝《は》が
そうと、手加減しつつ涼香の鳩尾《みぞおち》を蹴《け》り飛ばす。
涼香の体は背後に倒れ、天馬はその隙に距離を取って呪符《じゅふ》を構えた。
正直、このまま強引に祓《はら》ってしまう以外に、もう手段はないと考えていた。
さっき真琴が念を押した通り、悪霊を肉体から切り離さずに祓うことで涼香の精神に
影響をきたしかねない懸念はあるが、たとえ悪霊を引っ張り出したところで一瞬で戻っ
てしまうのだから、どうしようもないと。——しかし。
「ちょっ……、天馬！　ストップストップ！」
天馬の考えを察したのか、真琴が慌てて叫び声を上げた。

たちまち苛立《いらだ》ちが込み上げ、天馬は舌打ちを返す。

「うるさい……！　無理に祓うなとか怪我させるなとか、無茶ばかり言うな！　考えてるうちにこっちが殺《や》られるだろ！」

「だけど、そこを無視したら山田さんに殺られちゃうじゃん！」

「じゃあ、どうしろって言うんだ……！」

「どうしろもこうしろも、最初と一緒だよ！　涼香ちゃんの体から悪霊を完全に引っ張り出すのみ！」

「さっきすでに失敗してるだろうが！」

「そ、それは……。だから、体に戻りたくなくなるような魅力的なものを他に用意するか、簡単に戻れないくらい拘束力のあるもので引っ張り出す、とか……？」

「とか……？　じゃない！　今存在するものの話をしてくれ！」

リビングには激しい応酬が響き渡るが、その間も、涼香はゆっくりと体を起こし、ふたたびじりじりと天馬に迫っていた。

全身から、今にも飛びかかってきそうなくらいの殺気を放っているが、真琴の制止のせいで天馬の中には迷いが生じてしまい、祝詞《のりと》を唱えることもできないまま生《なま》唾《つば》を飲む。──そのとき。

天馬の予想に反し、涼香は殺気をわずかに緩めたかと思うと、キッチンへ向かってフラフラと動きはじめた。

「なんだ……？」

動きがまったく読めず、天馬は呆然《ぼうぜん》とその後ろ姿を目で追う。

しかし、涼香がキッチンの奥へと消えていった瞬間、山根がふと、躊躇《ためら》いがちに口を開いた。

「あの、まさかとは、思うのですが……」

「なにか心当たりが？」

「キッチンには、……涼香様があのような状態のときに、よく研がれている包丁が……」

「はい……？」

嫌な予感が込み上げると同時に、涼香が奥からふたたび姿を現す。

その手には、ギラギラと濡《ぬ》れたような艶《つや》を放つ、出刃包丁が握られていた。

「お、おい、真琴……」

さすがにあれで刺されたら終わりだと、天馬は素早く呪符を握りつつ、一応真琴の判断を仰ぐ。

けれど、真琴はこんな状況であるにも拘《かかわ》らず、ゴソゴソと自分のリュックを漁《あさ》っていた。

「おいって！　どうするんだよ！」

声にこれ以上ないくらいの焦りが滲《にじ》むが、真琴は手を止めるどころか、視線もくれずに眉根《まゆね》を寄せる。

「ちょっと待ってよ。考えてるから」

「今考えても遅いんだよ……！」

「いや、こっちにも考えが……。あ、そうだ、ソレ貸して」

「は？」

「ソレだよ。呪符」

「こんなときになに言っ――」

言い終えないうちに、包丁を手にした涼香がいきなり飛びかかってきて、天馬は慌てて背後に飛び退《の》いた。

ギリギリ反応できたことは幸いだったが、見れば着物の袖《そで》がパックリと裂けており、あまりの切れ味の良さにゾッと背筋が凍る。

そんな中、真琴はこっそりと天馬に近寄り、手からするりと呪符を抜き取った。

「な……！」

「ちょっとだけ時間稼いでて」

「どうやって！」

依然としてのん気な真琴に怒りが込み上げるが、その一方で、呪符を必要としていることや、「時間稼いでて」という発言から、なんらかの策が浮かんだらしいと天馬は察する。

リュックを漁っていたのも、おおかた自作の道具を物色していたのだろうと。

真琴の作る道具は、見た目こそふざけているが、その有効性に関しては天馬も一定の信頼を置いている。

少なくとも、なにもできない今の天馬にとっては、希望を委《ゆだ》ねるだけの価値が十分にあった。

ならば言われた通り時間を稼ぐしかないと、天馬は涼香と正面から向き合い、包丁を構えている右手に集中する。

とはいえ、涼香の変則的な動きには、武道で培ったものなどまったく通用せず、見極めるのはかなり困難だった。

「そんなこと言ってる場合か……。一撃喰《く》らえば終わりだぞ……」

天馬はそう言って自分を奮い立たせ、今度は足の動きのみに的を絞って集中する。

相手が悪霊であろうと人の体を使っている以上、勢いよく動く前には必ず膝《ひざ》を深く曲げるはずだと、それを合図にできないかと考えたからだ。

追い込まれた末に浮かんだ咄嗟《とっさ》の思い付きだったけれど、それが早速役に立ったのは、その直後のこと。

ふたたび勢いよく迫ってきた涼香を、今度は危なげなく躱《かわ》すことができた。

しかしほっとしたのも束の間、涼香から距離を取ろうとした天馬の背中はすぐに壁に当たり、集中している間にリビングの隅まで追い詰められていたらしいと、最悪な事実に気付く。

もはや逃げ場はなく、こうなってしまえば、包丁を躱しつつ正面突破して涼香の背後に回る他、自分の身を守る方法はなかった。

一歩間違えば大怪我を負いかねない強引な手段だが、天馬は捨鉢気味に覚悟を決める。

――そのとき。

「天馬、これ使って！」

真琴が突如声を上げ、天馬に向かってなにかを投げた。

天馬はそれを摑《つか》み取りながら、ようやく道具の準備ができたらしいと、わずかに緊張を緩める。

しかし、受け取ったそれを目にした瞬間、一気に不安が込み上げてきた。

「おい……、これ……」

なぜなら、真琴から渡されたのは、前に自慢げに見せてきたおもちゃの釣《つ》り竿《ざお》だったからだ。

釣り竿の先から垂れる糸の先には吸盤が下がっていて、真琴の説明によれば、「人の中に隠れた悪霊を引っ張り出す」ために作ったとのこと。

それだけ聞けば今の状況にもっとも適した道具だと言えるが、天馬にとって一番問題なのは、あのとき真琴がサラッと口にしていた「まだ試したことはないんだけど」という発言だった。

「なあ……、この局面で、こんな上手《うま》くいくかどうかもわからないものを俺に使わせる気か……？」

天馬にとってはあり得ないことだが、真琴は平然と頷《うなず》く。

「お陰で実験にもなるし」

「実験……？　命がかかってるんだぞ……！」

「でも、それしかないんだから仕方ないでしょ。なにより、それで悪霊を引っ張り出せたら誰も傷付かずに済むわけだし」

「………………」

「ね」

宥《なだ》めるような言い方に心底苛立ちながらも、心の奥の方には、それも一理あると思ってしまっている自分がいた。

天馬は渋々釣り竿の糸を伸ばし、先の吸盤を握って涼香をまっすぐに見つめる。

真琴はそんな天馬の様子を見て満足そうに頷いてみせた。

「柄の空洞部分にお札を仕込んだから、祝詞を唱えるときはそこを握ってね」

「……うるさい。わかってるから黙れ」

「ウケる」

真琴は蛍光ピンクの釣り竿を構える天馬を見て、さも楽しげに笑う。

心底腹立たしいが、その半面、すっかり焦りの消えた真琴の表情からこの道具への自信が窺《うかが》え、不本意ながらも安心感があった。

天馬は今にも飛びかかってきそうな涼香を前に、一度ゆっくりと深呼吸をする。

そして、涼香がふたたび深く膝を曲げた、そのとき。――手にした吸盤をその額に思い切り押し付け、即座に祝詞《のりと》を唱えた。

涼香はピタリと動きを止め、天馬はその隙に涼香の背後に回って逃走経路を確保し、リールのハンドルを握る。

子供向けのサイズで作られているためかなり扱い辛《づら》かったけれど、構造自体は本物の釣り竿と大差なく、ハンドルを回すうちに糸がピンと張り、涼香の首がぐるりと天馬の方を向いた。

「天馬！　早く！」

「わかってる！」

急《せ》かされながらも続けてリールを巻くと、やがて涼香の額がじわじわと盛り上がりはじめ、中から黒い澱《よど》みの塊が姿を現す。

それは言うまでもなく老婆の悪霊の本体であり、天馬は内心、本当に上手くいったことに驚いていた。

思い出すのは、前に真琴からこの道具を使えと言われたときに口にした「プライドが皆無の俺であっても、それは無理だ」という自らの発言。

正直、自分の姿を俯瞰《ふかん》すると今もなお受け入れ難いが、釣り竿を握り締めているうちに、伝統だ歴史だとガチガチに固まっていた思考はもちろんのこと、わずかに残っていたプライドまでが綺麗《きれい》に溶かされていくような感覚を覚えた。

それは案外悪い気分ではなく、真琴と出会って以来、何度こういう気持ちになっただろうと天馬は思う。

真琴の釣り竿は、うっかりそんな思いに耽《ふけ》ってしまうくらい、天馬がこれまでに使ってきた由緒ある道具のどれよりも有能だった。

「天馬、もうすぐ全部出てきそうだから、そしたらいつも通り祓《はら》ってね！　でも糸を緩めたら戻っちゃうから、そこに気を付けながら、できるだけ涼香ちゃんから距離を置いて、かつ素早く！」

「……異常な注文量だが、お前、手伝う気ないのか」

「天馬は体力担当でしょ？　こっちは道具と知恵を提供してるんだから、しっかり手伝ってるし」

「…………」

確かにそんな取り決めだったかもしれないと思い出しつつ、すっかり余裕の態度であぐらをかく真琴を見ていると無性に苛立《いらだ》ち、天馬はその怒りを釣り竿に込める。

勢い任せにリールのハンドルを回すと、澱みの塊は涼香の額からさらに姿を現し、やがて、ずるりと床に落ちた。

しかしもっとも重要なのはここからであり、天馬は真琴の注文通り、釣り竿で悪霊を引っ張りながら部屋の逆側の隅へ向かう。

「真琴、……こいつが肉体から完全に離れたら、合図をくれ」

「りょーかい。ってか、そろそろ切り離せそう」

真琴は天馬の言葉に頷くと、涼香の側へ移動し、その額から細く伸びている糸状の澱みに向かって思い切り手刀を振り下ろした。

途端に、石のように硬直していた涼香の体がぐったりと床に崩れる。

そして。

「天馬、オッケー！」

その合図を聞くやいなや、天馬は素早く呪符《じゅふ》を取り出し祝詞を唱え、それを悪霊に向かって突き出した。――瞬間、リビングに充満していた禍々《まがまが》しい空気は霧と化し、あっという間に消滅していく。

真琴の合図からそこまで、ほんの数秒足らずの出来事だった。

一気に静まり返ったリビングで、山根がハッと我に返り涼香に駆け寄る。

真琴は天馬の正面に立ち、肩をぽんと叩《たた》いた。

「いやー、さすがの素早さだったね。お疲れ」

あまりにも軽い口調で労《ねぎら》われ、天馬はどっと疲れを感じ、その場に脱力する。

「一応なんとかなったが、……やっぱり俺の負担が圧倒的に大きくないか」

「そうかな。ってか、そんな細かいことは別にいいじゃん」

「細かくないから言ってるんだが」

「あ！　涼香ちゃんが目を覚ましたっぽい！」

「……………」

強引に話を逸《そ》らして涼香の方へ向かう真琴を見ながら、天馬はやれやれと溜《た》め息をついた。

ただ、ゆっくりと体を起こした涼香の血色のいい顔色を見れば、今回は〝細かいこと〟にしてやってもいいかと思えなくもなかった。

「あれ……、私、なんでここに……」

涼香は一連の出来事をまったく覚えていないらしく、しばらく呆然《ぼうぜん》とした後、握ったままの包丁を見てギョッとした表情を浮かべる。

真琴はその包丁を涼香の手から抜き取り、目の前に掲げた。

「涼香ちゃんの中身が暴れてたんだよ、この包丁振り回して。危険だから、たった今祓ったところ」

「祓った？……それより、あんた達なんでまだいんの？」

「その言い方はなくない？　あのまま帰ってたらどうなってたか」

「それは……。ってか、最初の頃はもっと制御できてたのに、なんで……」

「──阿呆《あほう》か。悪霊とはそういうもんなんだよ」

いきなり会話に割って入った天馬に、涼香は不機嫌そうに顔をしかめた。

いかにも反論がありそうだったけれど、天馬はその隙を与えずさらに続ける。

「制御できるなんて、思い違いも甚だしい。あんたは悪霊にいいように弄《もてあそ》ばれていただけだ」

「そんなことない……！　今日はたまたま調子が悪かっただけで……！」

「たまたまで死んだら元も子もないんだよ。あんた一人ならともかく、同居する山根さんのことも殺しかねないんだぞ」

「それは、……でも」

「でもじゃない。霊を降ろして遊ぶなんて大馬鹿の極みだ。自分がどれだけ危険なことをしてるか自覚してくれ」

「………………」

「わかったら、二度とやるなよ」

「……私、あんた嫌い」

「嫌いで結構」

「はいはい！　そこまでそこまで！　とりあえずみんな無事だったんだから、もういいでしょ！」

真琴に止められ、天馬は途端に我に返り、門下でもない女性に強く言いすぎてしまったかと、少し後悔した。

しかし涼香の表情にはいっさい反省の色が見えず、それどころか今もなお納得いかない様子で天馬を睨《にら》んでおり、むしろ足りなかったくらいだとすぐに思い直す。

ただ、これ以上の言い合いは明らかに不毛であり、天馬は言い知れない不安を残しながらも、涼香に背を向け玄関に向かった。

「とにかく依頼は完了した。真琴、帰るぞ」

「あー、うん」

「……なんだよ」

なんだか含みのある返事が気になって振り返ると、真琴は少し考えた後、くるりと涼香の方へ向き直る。――そして。

「あのさ、涼香ちゃん。今度、私の手伝いしない？　場合によっては、降霊術をお願いするかも」

「……は？」

真琴が言い放ったまさかの提案に、天馬が硬直するのも無理はなかった。

一方、涼香の目にはわかりやすく光が宿る。

「え……、なにそれ、これからも降霊していいってこと？」

「いいって言っても、いろいろ約束してもらいたいことはあるけどね。まずもってやるときは私を呼んで欲しいし、涼香ちゃん自身や降霊術をやる部屋にも安全対策を施しておきたいし」

「安全対策？」

「そう。勝手に体に入ってこないようにしたり、部屋から出ないようにしたり」

「嘘……！　そんなことできんの？」

「できるよ。なにせ私、天才だから。とにかく、そういう対策さえしておけば、今後はもっと普通に……」

「おい、真琴……！」

あまりに常識外れなやり取りが繰り広げられたせいで、天馬が止めに入るまでずいぶん時間がかかった。

かたや真琴は悪びれもせず、天馬と涼香を交互に見て小さく肩をすくめる。

「……続きは、また後日にしよっか。この頭の固いお兄さんがいると、話が進まないから」

「え、いつ？　明日？　明後日《あさって》？」

「まあ、そんなに焦らず待っててよ。私のマネージャーの連絡先を教えとくから。あ、でも、お父さんには内緒で」

「当たり前じゃん！　そもそもあの人にはなんにも話したくないし」

「そっか、了解。……あ、もちろん山根さんも、誰にも言わないでね」

「はっ？……ええと、その、……涼香様が安全なら……」

「大丈夫大丈夫。こういうのは無理やり止めるより、ルール付きで許可した方がかえって安全なんだよ。……ってわけで、またね！」

蚊帳《かや》の外で唖然《あぜん》とする天馬を最後まで無視したまま、真琴は涼香に連絡先を書いたメモを渡すと、強引に天馬の手首を引いて玄関へ向かった。

そして、玄関を出るやいなや、天馬に口出しさせる隙を与えないまま即座にエレベーターに乗り込む。

「……どういうつもりだ」

二人になったエレベーターの中で、真琴の手を振りほどきながらそう言うと、真琴はまったく悪びれない笑みを浮かべた。

「天馬だって、あの老婆の悪霊見たでしょ？　素人が降ろした霊だからって完全に舐《な》めてたけど、びっくりするくらい強力だったし、普通なら、あんなのが降りてきた瞬間にあっさり取り込まれて即死だよ？　つまり、涼香ちゃんには想定してた以上の資質があるって確信したの」

「だから、なんだ」

「なんだって、降霊術が出来る人間がほとんど残ってない現代で、貴重な人材だと思わないの？」

真琴が言う通り、降霊術は難しい上に危険であり、しかも降ろしたところで上手《うま》く扱える者など、天馬が知る限りほとんど存在しない。

だから、真琴の言う「貴重」という表現もわからなくはなかった。――けれど。

「……一般人を巻き込む気か」

天馬には、その点がどうしても容認できなかった。

かたや、真琴はこてんと首をかしげる。

「そんなに嫌？　別に、危険な現場に連れて行くわけじゃなくて、武器の調達を手伝ってもらうだけなのに」

「武器、だと？」

「そう。このまま存分に才能を伸ばしてもらって、強い霊を降ろして依代《よりしろ》に宿らせられるようになったらさ、陰陽師《おんみょうじ》の真骨頂〝式神〟の術が復活するんだよ？　都市伝説のような扱いをされてる術が、この現代に」

「…………」

それは、天霧屋の次期当主として育ち、祓屋《はらいや》の歴史に関して造詣《ぞうけい》が深い天馬にとっては、冗談のような話だった。

確かに、大昔の陰陽師たちが式神を従えていたという話は記録に残っているが、現代の祓師《はらいし》たちの間では、それは事実ではないと、多くの比喩《ひゆ》や誇張を含むものであると結論付けられている。

結果、真琴が口にした通り、今や都市伝説の一つでしかない。――にも拘《かかわ》らず、真琴の表情はいたって真剣であり、かつてない程に高揚していた。

もはや天馬には付いていけず、もうマトモに相手をするのはやめておこうと、天井を仰ぐ。

そうこうしている間にもエレベーターは一階に着き、ゆっくりと扉が開いた。

「……とにかく、涼香さんを危険に晒《さら》すなよ」

天馬は重要なことだけ伝え、エントランスへ向かう。

「そんなのわかってるってば」

真琴はすっかりご機嫌な様子で大きく頷《うなず》き、その後に続いた。

広いロビーを通り抜けながら頭に浮かんでくるのは、もうこういう依頼は御免だという切実な思い。

依頼主の素性はもちろんのこと、身勝手に降霊した悪霊を祓《はら》わされたり、妙な道具を使ったり、おまけにおかしな式神計画まで聞かされ、天馬にとってはうんざりすることばかりだった。

こういう日は早く帰ってひたすら寝るに限ると、天馬はようやく辿《たど》り着いたエントランスを足早に通り抜ける。——そのとき。

「——涼香さんには如何程《いかほど》お支払いされるおつもりです？」

いきなり二人の前に金福が立ち塞《ふさ》がり、不機嫌そうにそう詰め寄った。

問いの内容からして、どうやらまた盗聴されていたようだと、天馬は酷《ひど》い眩暈《めまい》を覚える。

一方、真琴は前回の件ですっかり慣れてしまったのか、たいして驚きもせず、小さく首をかしげた。

「うーん、お金には困ってなさそうだし、とにかく降霊さえできれば満足っぽいから、そんなに払わなくていいんじゃない？」

それを聞いた金福は大袈裟《おおげさ》な仕草で胸を撫《な》で下ろし、いつも通りの胡散臭《うさんくさ》い笑みを浮かべる。

正直、今は金の話など聞きたくもない天馬は、極力存在感を消して金福の横を通り抜けた。

しかし。

「天馬様。後ほどレンタル料を請求させていただきますので、よろしくお願いいたしますね」

背後から届いた金福の言葉が無視できず、天馬は渋々足を止めて振り返る。

「レンタル料……？　今度はなにをふっかけるつもりですか」

苛立《いらだ》ちを露《あら》わにそう言うと、金福は心外とばかりに目を丸くし、顔の前で手を振ってみせた。

「ふっかけるなんてまさか。なにを、とおっしゃいますが、天馬様は本日、真琴様の道具をお使いになったでしょう。前回は初回ということでサービスさせていただきましたが、毎回そういうわけにはいきません」

「道具……。まさか、あの釣り竿《ざお》のことでしょうか」

「その通りです。齟齬《そご》がないようで安心いたしました」

「いや、……待ってください」

正直、あまりの面倒臭さにいっそ首を縦に振ってしまいたいくらいの心境だったが、金福の好きにさせておけば天霧屋の財政が破綻《はたん》しかねないと、本能が強く警告していた。

天馬は仕方なく金福と向き合い、まっすぐに睨《にら》みつける。

「お言葉ですが、真琴と俺は協力関係にありますので、レンタルという考え方がそもそもおかしいかと」

「なぜです？」

「我々が協力する上での取り決めは、真琴が知恵を出し、俺が体を動かす、というものです。当然、道具も知恵に含まれて然《しか》るべきかと」

「それは、少々強引では？」

「そうでしょうか。ちなみにですが、実際に今回の悪霊を祓ったのは俺ですし、真琴の道具に使用した呪符《じゅふ》も俺のものです。明らかに、俺の負担の方が大きい。金福さんの道理を通すならば、むしろこちらにも請求すべき権利があるのでは」

「そ、そんな、暴論でしょう……！」

「どの口が。……ともかく、報酬の配分率はすでにうちの当主との間で決めているはずですし、オプションで稼ごうとするのは諦《あきら》めてください。あと、カジノで大金を稼ぎ損ねた八つ当たりなら真琴に」

「…………」

金福は、前回に引き続き今回も天馬に言い負けたことがよほど悔しいのか、かろうじて笑みを保ちながらも瞼《まぶた》をプルプルと震わせていた。

金福からすれば、社会から断絶された場所で育った天馬のような人間など、簡単に説き伏せられるとでも思っていたのだろう。

だが、天馬は決して学がないわけではなく、子供の頃から天成寺に呼び寄せた教師陣によって世の中と同等の教育を受けていたし、十五歳頃からは、次期当主という立場を意識し政治や経済学をはじめ様々な専門的な知識を学んできている。

つまり、世間知らずこそ否めないものの、金福のような人間に舐められない程度の知識は備わっていた。

「では、この話はもういいですか。今日は少々疲れましたので、私は先に帰ります」

そう言って背を向けると、背後から金福の歯ぎしりが響く。

天馬は、協力関係でありながらもまったく気の抜けない状況に辟易《へきえき》としながら、足早にその場を離れた。

正玄に今回の件の報告をしたのは、それから二日後のこと。

いつもなら報告は当日中に終えるのだが、前回に引き続き当日は正玄が顔を出さず、昨日は終日外出とのことで、ずいぶん間が空いての報告となった。

ちなみに、真琴は当然のように欠席。

ただ、今回は山田の意向で正玄には依頼内容すら言えないという制限があるため、伝えるべきは「無事完了です」というひと言であり、とくに真琴が同席する必要はなかった。

正玄はよほど稼いだのか終始機嫌がよく、天馬の報告に珍しく満面の笑みを浮かべ、「よくやった」と労《ねぎら》いの言葉をかけた。

天馬としては、この報告にて、今後この手の依頼は遠慮したいと進言するつもりでいたのだが、せっかくの上機嫌を損ねるのも面倒臭く、結局なにも言えなかった。

結果、モヤモヤした気持ちが晴れないまま、報告を終えた天馬は一礼して正玄に背を向ける。——しかし。

「天馬。気になることが二つあるんだが」

突如正玄がそう言い、天馬は慌てて座り直した。

「気になること、ですか」

なんだか、無性に嫌な予感がした。

条件反射的に頭に浮かんできたのは、言うまでもなく慶士のこと。

なにせ、天馬はここ二日間というもの、慶士とまったく顔を合わせていないからだ。

それどころか宿舎に戻った形跡すらなく、門下の間では、補佐役に召し上げた英太が出て行ったショックに加え、次期当主に名乗り出るも希望の持てないこの状況から、天霧屋を捨てようとしているのではないかという噂が流れているらしい。

そして。

「ここしばらくというもの、慶士が儂《わし》の呼び出しに応じない。……もう、二度もだ。奴の苦しい心中を思えば召集をさぼる程度は目を瞑《つぶ》っても構わんが、一対一で話したいという呼び立てまで無視するとなると、さすがに看過し難い」

案の定、正玄が口にしたのは慶士のことだった。

ただ、天霧屋の当主である正玄からの、「一対一で話したい」というやんごとない呼び出しを、しかも二度も無視したという話は、天馬の想像をはるかに上回っていた。

「それは、……なんというか」

前例がないためどう反応すべきかわからず、天馬は目を泳がせながら言葉を濁す。

すると、正玄は長い沈黙を置いた後、ゆっくりと口を開いた。

「お前も知っての通り、儂はそう気の長い人間ではない。いくら子供の頃から祓師《はらいし》として懸命に育ててきた門下であっても、こうも舐《な》めた態度を取るならば――」

「当主……！」

咄嗟《とっさ》に言葉を遮ったのは、正玄がこのまま「破門」というもっとも重い判断を下す予感がしたからだ。

思わず大声を出した天馬を見て、正玄はわずかに瞳《ひとみ》を揺らした。

「……家族同然に育ったお前の気持ちもわかるが、このままというわけにはいかないだろう」

「ですが……！」

「そう焦るな。今すぐにどうこうという話ではない。……が、さっきも言った通り、そう長く奔放な振る舞いを許す気もない。なにせ、天霧屋の沽券《こけん》に関わるからな」

「……わかっています」

天馬は頷《うなず》きながら、一刻も早く慶士と会ってきちんと話さねばならないと、改めて思う。

前に会ったときの印象からして、慶士が天馬の話に耳を貸す可能性は絶望的だが、破門の話を示唆すればさすがに無視できないだろうと。

ただ、居場所すらわからないという現状ではそれすら敵《かな》わず、天馬はもどかしい思いで膝《ひざ》の上の拳《こぶし》を握る。

かたや、正玄はもはやその話は終わりだと言わんばかりに、大袈裟に咳払《せきばら》いをした。

「天馬、気になることが、二つあると言ったろう」

「あ……、はい」

正直、慶士に関して少し薄情ではないかと思ったけれど、当然言えるはずもなく、天馬は黙って頷く。

すると、正玄は隅で待機する田所を近くに呼び寄せ、本堂の周囲に人がいないことを入念に確認させた後、神妙な面持ちで口を開いた。

「お前が、山田さんと会ったときの話だが」

「……はい」

「その後、連絡があった。……彼は、『お前の連れに見覚えがある』と」

「連れ……？」

真っ先に頭に思い浮かんだのは、当然ながら真琴のこと。

しかし、真琴が鎌倉へやってきたのはごく最近であり、この短期間で山田のような特殊な人間と接触する機会があったとは考えにくく、天馬は眉根《まゆね》を寄せる。――しかし。

「真琴じゃない。金福の方だ」

正玄が口にしたのは、まさかの名前だった。

とはいえ、あの日金福は山田と顔を合わせておらず、天馬は慌てて首を横に振る。

「金福さんは打ち合わせに同席していません。カジノで儲《もう》けの全額を失い、放心していましたので。ですから、山田さんには顔を見られていないはずですが」

たった二日前の出来事なので記憶には自信があったけれど、天馬の言葉を聞いた正玄は、どこか意味深に瞳を揺らした。

「打ち合わせに、同席しなかった、と」

「はい」

「山田さんは、逆《かす》にその点を不審に思ったようだ。そして、後に防犯カメラで確認したところ、記憶に掠るものがあったと話していた。……ずいぶん曖昧《あいまい》な表現だが、わざわざ儂に報告してくるということは、おそらく嫌な予感を覚えたんだろう。そして、ああいう人間の言う嫌な予感は往々にして、簡単に無視できる瑣末《さまつ》なものじゃない」

「……嫌な予感、ですか」

「ああ。そもそも、あの金の亡者が打ち合わせに同席しないなんて確かに不自然だろう。それでも行かなかった理由はおそらく、天霧屋との関わりを山田さんに知られたくなかったからだ。おおかた、事務所に着いた時点で依頼主の正体に気付き、苦肉の策で打ち合わせへの同席を回避したと考えられる。……だとすれば、なんだか不穏な感じがしないか」

「それは……」

正直、正玄の話は予感に推測にとすべてにおいて曖昧であり、天馬には判断のしようがなかった。

ただ、かねて金福に不信感を持っていた天馬としては、ただの杞憂《きゆう》として流すこともできなかった。

なかなか返事ができずにいると、正玄は小さく溜《た》め息をつく。そして。

「とにかく、あの男の動向には注意を払っておくように。……話は以上だ」

そう言い残し、先に本堂を後にした。

一人残された天馬は、この十数分で一気に増えたモヤモヤを持て余しながら、やがてゆっくりと立ち上がる。

そして本堂を後にし、少し頭を整理しようと敷地内をあてもなく歩いていた、そのとき。

「真琴様！　それはあまりにも、あまりにも、横暴です！」

山門のあたりから、今しがた話題に出たばかりの人物、――金福の声が聞こえ、どっと疲れを感じた。

今ばかりは会いたくなかったが、「動向には注意を払っておくように」と言われてしまった手前無視できず、天馬は渋々声がした方へ向かう。

するとそこには、強い剣幕で言い合いを繰り広げる金福と真琴の姿があった。

「なにが横暴なのよ！　どう考えても必要経費でしょ！」

「いくらなんでも高すぎます！」

「金福はこれの価値がぜんっぜんわかってない！　そもそも、お金で買えるようなもんじゃないんだよ？」

「でしたら、お金で手に入れようとせず、ご自身で捕まえたらいかがですか！」

軽く聞いただけで明らかに金の揉《も》め事であり、天馬は心底うんざりする。

ただ、「ご自身で捕まえたら」という表現が妙に引っかかり、そのまま立ち去る気にはなれなかった。

「だからそれは無理なんだって！　向き不向きがあるの！」

「向き不向きではなく、修行が足りないのでは！」

「そこに口出しするのはおかしいって！　この世界のこと全然知らない癖に！」

「いいえおかしくありません！　お金に関わることは私の担当ですから！　真琴様こそ裏方の事情を考えもせず、いつもどんぶり勘定で、どれだけ私が苦労しているか。今回も、五百万なんて大金を払うと勝手に約束して……」

「——五百万……？」

思わず声が出てしまった天馬に、金福と真琴の視線が同時に集中した。

もとより隠れるつもりはなかったけれど、真琴はとうに気付いていたようで、天馬にひらひらと手を振る。

「ねえ天馬、ちょっと聞いてよ！　私がお金使うと怒るんだよ、この人。稼いでんのは私なのにさ」

まるでたわいもない愚痴のような口調だが、すでに五百万という数字を聞いてしまった以上、のん気に同意する気にはなれなかった。

「……話がまったく見えんが、五百万はだいぶ大金だぞ」

そう言うと、真琴は金福が手にしていたタブレットを強引に奪い、天馬にディスプレイを向ける。

「でも、コレが手に入るなら安くない？」

そこに表示されていたのは、九尾《きゅうび》の狐。いわゆるソーシャルゲームのキャラクター紹介画面のようで、説明欄にはウルトラスーパーレアとあった。

「……ゲームキャラに五百万出すのか、お前」

引き気味の天馬に、真琴はうんざりした様子で首を横に振る。

「違うってば。欲しいのは、狐の霊。これは金福に、狐の霊が世の中でどれだけ特別扱いされているかっていう、わかりやすい喩《たと》えをするために出した画像！」

「は？……まさかと思うが、お前らがしてたのは霊の売買の話……」

「そうだけど」

「…………」

真琴はあっさりと頷くが、あまりに荒唐無稽《こうとうむけい》な話に、天馬は反応ひとつできなかった。

真琴はそれでも構うことなく、さらに続ける。

「動物霊ってさ、伝説にも残るくらいの強力な怨霊《おんりょう》が多いでしょ？　中でも狐は大昔から怖れられていて、大昔の陰陽師《おんみょうじ》の文献にも、村を壊滅させたとか嵐を呼んだとか、桁《けた》違《ちが》いの話がいろいろ出てくるわけ。まぁ全部が事実じゃないにしろ、能力が高いのは確かなのよ。……で、そんなのを従えられたら、もはや怖いものなんてなにもないっていう」

それは、本人も「伝説」と言った通り、祓師《はらいし》ならば誰もが知るたわいもない昔話だった。

しかし、最後に付け加えられた一文だけはスルーできず、天馬は咄嗟《とっさ》に両手のひらをかざして話を中断させる。

「ちょっと待て、従えるってまさか……、式神云々《うんぬん》の話は本気だったのか？」

「当然でしょ。あれだけ熱弁したのに、冗談だと思ってたの？」

「………」

当たり前のように頷《うなず》く真琴を見て、天馬は強い眩暈《めまい》を覚える。

しかし、本気とあればなおのこと、ここで思考を止めるわけにはいかなかった。

「わ、わかった、一旦《いったん》本気だと仮定して、……さっきの五百万で買うっていうのはどういうことだよ。いったいどこのどいつがそんな霊を入手して――」

言いかけて止めたのは、「入手」と口にした瞬間に、明確な心当たりが浮かんだからだ。

「もしかしてお前……、涼香さんに……」

「正解！」

おそるおそる口にした仮説を一瞬で肯定され、天馬の頭の中が真っ白になった。

真琴はタブレットに表示された九尾の狐を愛《いと》おしそうに眺める。

「実はさー、昨日早くも涼香ちゃんと会ったのよ、たまたま都合が合って。で、改めて彼女の資質を知りたくていろいろ試してもらってるうちに、想定してた以上の資質があることが判明してさ」

「いろいろ試した……？　お前、一般人の彼女になにを……」

「まあまあ、そこはいいじゃない。で、ほんのちょっと指南してみたら、あっという間に依代《よりしろ》も扱えるようになっちゃって。あの子、ほんとすごいの。案外、陰陽師の系譜だったりして。……調べてみよっかな」

「それで、……その話が五百万にどう繫《つな》がるんだ」

「ああ、それは、彼女が言ってきたの。もし狐の霊を降ろせたら、五百万で買ってくんないかって。……なんか、自立資金を貯めたいとかで」

「は……？」

「もちろん二つ返事でオッケーしたんだけど、見ての通り金福が超怒り狂っちゃって……」

「当たり前です！」

会話に割って入ったのは、言うまでもなく金福。

金福は怒りで顔を真っ赤にし、突如天馬に迫った。

「天馬様！　あのとき！　確かに！　真琴様はおっしゃっていましたよね！」

「はい……？」

「あの子はお金には困ってなさそうだから、そんなに払わなくていいんじゃない？……と！」

「は、はあ。言ったような」

「その通りです！　真琴様は絶対に、おっしゃっていたのです！……にも拘《かかわ》らず、五百万ですよ！　涼香様はとんでもなくアコギです！」

「アコギ、ですか。金福さんがそれを言います？」

天馬がそう言いながら金福のギラギラした腕時計に視線を向けると、金福は不利な流れになることを即座に察したのか、それをサッと袖《そで》の中に隠す。

そして、天馬との会話などまるでなかったとばかりに、呆《あき》れる程の素早さでふたたび真琴の方に向き直った。

「真琴様！　私としてはとても容認し難い！　霊の取引における市場価格もわからない中、そんな大金は出せません！」

しかし真琴にも引く様子はなく、さも怠《だる》そうに頭をぼりぼりと掻《か》く。

「あのさぁ、金福がなんと言おうと、もう決めたんだってば。それに、さっきも言ったけど、稼いでるのは私なの」

「今それを言うのは卑怯《ひきよう》です！」

「事実だもん。不満なら、マネージャー辞める？」

「お断りします！」

「いや、こっちがお断りしようとしてるんだけど」

「それだけは、絶対に、あり得ません！　なにがなんでも！」

延々と続く二人の応酬を聞いているうちになんだか馬鹿らしくなり、天馬はそっと気配を消し、これ以上は付き合っていられないとその場を離れる。

真琴が話していた式神の話は気になるが、いずれにしろ、今はまともに話ができる状態ではないと思ったからだ。

ただ、離れながらなんとなく引っかかったのは、下手すれば一千万くらいしそうな時計を身に付けた金福が、稼ぎ頭である真琴に対し、頑として五百万を出し渋る理由。

それと同時に、ついさっき正玄が話していた、金福は天霧屋との関わりを山田さんに知られたくないのでは、という推測が頭を過《よぎ》った。

それらを繫げて考えると、金福は単に金を惜しんでいるわけではなく、山田の娘である涼香との繫がりを断ちたいのではないかと考えることもできる。

けれど。

「……どれも推測の域を出ないんだよな」

根拠が曖昧《あいまい》である以上これ以上の考察は不毛に思え、結局、天馬は考えるのを止めた。

なにせ、天馬は今、それよりもずっと深刻な問題を抱えているからだ。

「それにしても、慶士はどこに行ったんだよ……」

虚《むな》しい呟《つぶや》きを零《こぼ》しながら、天馬は携帯を取り出し、無駄だと思いつつ慶士に電話をかける。

案の定、スピーカーから呼び出し音が響くことはなく、やがて、「おかけになった電話は電源が入っていないか、電波の届かない場所にあるため——」という、淡々としたアナウンスに切り替わった。

天馬はやりきれない思いで携帯を仕舞う。

そして、静まり返った敷地を歩きながら、これまであまり考えないようにしてきた慶士がいない喪失感を、改めて嚙《か》み締めていた。

第二章

「若い女性二人が失踪《しっそう》後にどちらも遺体となって発見、……ですか」

涼香の件から一週間程が経った、ある日の朝。

正玄からの呼び出しに応じて本堂に向かうやいなや聞かされたのは、不穏な話だった。

「ああ。二人とも行方不明者届が出されていたらしく、警察によって捜索されていたが、三ヶ月前と十日前に山中で遺体が見つかったことで、一度は事件性が疑われたようだ。……が、どちらにも暴行や盗難の痕跡《こんせき》はなく、検視結果にも所見なし。自らの意思で行方をくらました後に不幸にも突然死したという結論が出されて捜査はされず、さほど大きな報道はされていない」

「なるほど。しかし我々に話が回ってきたということは、あくまで一般常識の範囲外で、不穏な点があったということですね」

もはやわかりきったことだが、念の為確認した天馬に正玄は頷く。

「その通りだ。鹿沼の報告によれば、霊的な要因が疑われる、いくつかの不審な点があったらしい」

「……理解しました」

今回のように、事件を疑う根拠はなくとも明らかに不審な死には、霊が関わっている場合が多い。

多くは不幸な死として片付けられてしまう案件だが、公安に所属する元祓師《はらいし》の鹿沼が、こういった事件を見つけては上と交渉し、天霧屋に持ち込んでくる。

ちなみに、今日は当の鹿沼は来ておらず、本堂に集まっているのは、正玄と田所、そして天馬と真琴の四人。

当たり前のように慶士の姿はなく、思い返せば、天馬が慶士と最後に顔を合わせたのは、山田からの依頼を請けた日の朝、つまり一週間前だ。

あのときは、まさかこんなに会わなくなるなんて思いもせず、今となれば無理にでも引き止めて話をしておけばよかったと、天馬は少し後悔していた。

そんな中、正玄はさらに話を続ける。

「肝心の〝不審な点〟についてだが、……もっとも顕著なのは、両方の遺体の死に顔だ。まるで怖ろしいものでも見たかのように、酷《ひど》く引き攣《つ》った表情のまま硬直していたらしい。……ただ、重複になるが検視結果に不審な点はなく、たとえ毒物などで苦しみながら死んだとしてもそのまま表情が固まることはないとのこと。……ただし、天馬も知っての通り、呪いによる死の場合はよく見られる現象だ」

「……そう、ですね」

正玄が言う通り、霊的な要因で命を失った場合、苦悶《くもん》の表情を浮かべたまま事切れていることが少なからずある。

あまりに怖ろしい表情であるため、大概は毒物の使用が疑われ検視に回されるが、当然ながら原因は発見されず、結局心不全という結論が出される。

「そんな死に顔の遺体が三ヶ月で二度も発見され、警察の間でも気味が悪いと噂になっていたようだ。それを鹿沼が聞き付けて確認したところ、遺体からわずかな悪霊の残穢《ざんえ》を感じた、――と」

「なるほど。鹿沼さんが直接確認したのなら悪霊との関連は確定として、早めに対処した方が良さそうですね。この先、被害が続かないとも限りませんから」

天馬の言葉に、正玄は満足そうに頷《うなず》いてみせた。

「もちろん、それを懸念しての依頼だ。なにせ、鹿沼が言うには、鎌倉でここ半年で他に二人、気になる行方不明者がいるらしい。いずれも女性で、なんの前触れもなく失踪し、遺体で見つかった二人と年代も近いとか」

「二人も……。もし同様の悪霊が関わっているなら、若い女性に恨みを持っている可能性が高いですね」

「そうかもしれない。……まだ生きていればいいが、悪霊が相手なら希望は薄いだろうな」

「……ええ」

頷きながら、嫌な案件だと天馬は思う。

被害者たちの特徴が共通していることを考えると、衝動的に人を狙う地縛霊とはまったく違う、知能性のようなものを感じるからだ。

だとすれば、必然的に頭に浮かんでくるのは、ここ最近立て続けに出会《でくわ》してきたような強力な悪霊の存在。

またか、――と。

天馬としては、かつてない異常な状況に心底うんざりしていた。

一方、真琴は警察からの依頼という時点でさほど興味がないのか、パーカーの紐《ひも》を無意味に弄《もてあそ》んでいる。

もはや文句を言うのも面倒臭く、天馬は真琴のことを一旦《いったん》無視して正玄に視線を向けた。

「ちなみに、死亡した二人と、失踪中の二人の詳細はわかりますか」

すると、正玄は田所を呼び寄せてファイルを受け取り、天馬に差し出す。

「これは鹿沼がまとめたものだが、死亡者の情報はともかく、まだ関連性が確定していない失踪者の詳細情報は本来我々に開示できないものだ。転写も持ち出しもできないから、確認は天成寺の中だけでしてくれ」

「わかりました」

受け取ると、そこには几帳面《きちょうめん》にまとめられた顔写真付きの個人情報が四人分挟まっていた。

中には、それぞれが最後に防犯カメラに写っていた場所など、捜査資料の一部も添付されている。

ただ、ざっと見た感じ、鎌倉在住の二十代女性であること以外に四人の共通点は見当たらなかった。

すると、横から資料を覗《のぞ》き込んだ真琴が、女性の顔写真を指差す。

「髪が長いね」

「髪？」

「そう。みんな揃って黒髪のロングヘアーだなって」

「……そういえば、そうだな」

「あと、全員清楚《せいそ》系の美人」

「それはお前の主観だろ」

「いやいや、どう見てもそうじゃん」

偏った意見だと思いつつも改めて写真を見てみると、確かにそれぞれ髪型は違えどストレートの黒髪であり、なんとなく上品な雰囲気があった。

天馬は写真を見比べながら、眉《まゆ》を顰《ひそ》める。

「……まあ、雰囲気は似てるかもしれない」

「ほら。多分、こういう子が好みなんだろうね」

「阿呆《あほう》か、相手は悪霊だぞ。ナンパとは訳が違う」

「なんで？　悪霊も元は人間なんだって話、前にもしたじゃん。元が人間なら、趣味嗜《し》好《こう》くらいあるでしょ」

「それは……」

ふざけているのかと思いきや正論を返され、天馬は口を噤《つぐ》む。

真琴は改めて女性の写真を見比べながら、心底不快そうな表情を浮かべた。

「この犯人、しょうもない悪霊なんだろうけど、どうせ生前も変態野郎だったんだよ。死んでからも欲求を追い求めるなんて、マジでキモすぎ。こんな奴に殺されるなんて、被害者があまりにも可哀想すぎる」

珍しく感情を滲《にじ》ませた呟《つぶや》きに、天馬は密《ひそ》かに驚く。

普段の真琴は発言のほとんどが軽く適当であり、本心を読み取り辛《づら》いからだ。

しかし。

「じゃあ……、とりあえず天馬は、清楚で黒髪ストレートの美人を全員鎌倉から遠ざけといて」

続けた発言はやはり適当で、天馬は頭を抱えた。

「……無茶を言うな」

「だって、そうでもしないと、また似たタイプの子が狙われちゃうし」

「その前に、元凶の悪霊を見つけ出して祓《はら》えばいいだろ」

「どっちが無茶だよ。被害者の特徴以外になんのヒントもないのにさ」

「それでも、他に手はない」

「いやいや、天馬は視野が狭いんだって。すぐにコレしかないって決めつけるから、駄目だったときにあっさり心が折れるんだよ」

「わかったようなことを言うな」

「だってそうじゃん。前だって……」

「──ともかく。こちらの情報は以上だ。後は解決に向けて二人で相談してくれ」

言い合いになりかけたところで正玄が割って入り、天馬は咄嗟《とっさ》に我に返る。

かたや真琴はいたって平然と頷きながら、本堂を後にする正玄にひらひらと手を振った。

「……当主に失礼な態度を取るな」

「いちいちうるさいな。で、どーすんの？」

「それをこれから相談するんだろ」

「相談ねぇ。せめて遺体に残った悪霊の残穢でも確認できれば居場所を特定できそうだけどさ。いっそ、もう一回被害者が出るまで待っ……」

「おい！」

「……冗談じゃん」

「冗談でも聞き捨てならん」

「面倒臭……」

真琴は欠伸《あくび》混じりに不満を零《こぼ》すと、怠《だる》そうに床に寝転ぶ。

天馬はそのだらしない姿にうんざりし、強引に腕を引いた。

「おい、起きろ。相談が嫌なら失踪《しっそう》現場と遺体の発見場所を見に行くぞ」

「そんなの警察がやることでしょ……。時間が経った現場なんて、祓師《うちら》にとってはなんの意味も……」

「いいから！」

ついつい声が荒くなるが、真琴はなおも抵抗をやめず、天馬の手を振り解《ほど》こうと腕を振る。

その瞬間、被《かぶ》ったままのフードから長い髪がサラリと流れ落ち、――ふと、天馬の頭にひとつの案が浮かんだ。

「そういえば、お前も……」

「ん？」

「……いや」

「は？」

天馬が言いかけた言葉の続きは、〝そういえば、お前も黒髪ストレートで美人の部類だよな〟だ。

途中で止めた理由は言うまでもなく、真琴への苛立《いらだ》ちが最高潮に達している今、調子に乗せるような言葉を言いたくなかったからだ。

急に黙った天馬を不審に思ったのだろう、真琴の訝《いぶか》しむような視線が刺さるが、天馬は熟考の後、一度咳払《せきばら》いをしてからようやく視線を返した。

「なあ」

「……なによ。急に改まって怖いんだけど」

「お前、囮《おとり》にならないか」

「……え？」

「名案だろ」

「いやなに言ってんの、急に」

「実際、お前が言う通り、次の被害でも出なければ悪霊を見つけるのは難しい。……が、囮でおびき出せばてっとり早いし、なにより一般人に被害が出ない」

「………………」

絶句する真琴は珍しい。

もちろん真琴に限って怖がっているなんてことはあり得ず、おおかた、面倒臭いことになったとでも考えているのだろう。

ただ、悪霊の捜索が困難であると自ら口にしていたこともあってか、反論する術《すべ》はないようだった。

天馬は珍しく真琴を言いくるめたことに爽快《そうかい》感を覚えながら、さらに言葉を続ける。

「決まりだな。一応言っておくが、囮の間は極力喋《しゃべ》るなよ。ただでさえ〝清楚〟の部分で相当難があるのに、喋ると完全に終わる」

「失礼な」

「お前に失礼を語る資格はない」

「パワハラ野郎」

真琴は文句を言いながらも怠そうに体を起こし、天馬の手から資料のファイルを抜き取る。

かなり渋々ながらも、どうやら腹を括《くく》ったらしい。

天馬もそれを横から覗き込み、改めて女性たちの情報を確認する。——しかし。

「ねえ、とりあえず、ここ数年の間に死んだ性加害事件の犯人がいないか、鹿沼に聞いといてよ」

数分も経たないうちに資料を閉じ、天馬にそう言った。

「性加害事件の犯人？」

「そう。さっきも言ったけど、死んでまで欲求を満たそうとするなんて病的なド変態だからさ、生前にも性加害事件のひとつや二つ、絶対起こしてるよ」

「聞くのは別に構わないが……、さすがにお前の偏った考察が入りすぎてないか？　被害者女性の共通点もまだ曖昧《あいまい》なのに」

「いーや、私の勘が騒いでるの。とにかく、聞くのはタダなんだから早くして。悪霊の正体がわかっていれば、こっちも対策のしようがあるわけだし。……それとも、囮の安全確保を怠る気？」

「……そんなこと言ってないだろ、妄想でつっかかるな」

囮の役割を押し付けたせいか、真琴の機嫌はすこぶる悪く、天馬はやれやれと溜《た》め息をつく。

ただ、真琴の言い分も一理あり、天馬は仕方なく携帯を取り出し、真琴が要望した通りの問いを鹿沼に送った。

「一応送ったが、おそらく返信には時間がかかるから気長に待っててくれ」

「暇そうなのに？　ってか、鹿沼って普段どんな仕事してんの？」

「まったく知らん。どうせ浮いてるだろ」

「それはどうだろうね。なんとなく世渡りが上手《うま》そうだったけど。少なくとも天馬よりは」

「うるさい。いちいち俺を貶《おとし》めるな」

いまだ苛立っているらしい真琴の嫌味をさらりと躱《かわ》したものの、正直、痛いところを突かれて天馬は動揺していた。

なにせ、鹿沼は祓師《はらいし》を辞めた後も普通に社会に溶け込んでいる、この世界では類稀《たぐいまれ》なケースだ。

天馬にとってはその自由さが羨《うらや》ましく、その半面、自分にはあんなふうに上手くできないだろうという自覚がある。

つい卑屈になってしまい、天馬は頭を切り替えるため、真琴から資料のファイルを取り返してパラパラと捲《めく》った。

すると、即座に目に留まったのは、被害者二人の、失踪当日の情報が書かれた項目。

それによれば、三ヶ月前に遺体となって発見された女性の最後の目撃情報があったのは、鎌倉駅前の「小町《こまち》通り」にあるカフェとあり、十日前に発見された女性もまた、失踪当日に同じく「小町通り」内の防犯カメラに写っていたとあった。

「……囮作戦をするなら、小町通りが良さそうだな」

ぽつりと呟《つぶや》くと、真琴が首をかしげる。

「小町通りって、観光客がいっぱいいる商店街だっけ？」

「まあそうだな。行ったことないのか」

「大昔に何度かあるかもしれないけど、あまり記憶にないかも」

「……そうか」

サラリと流しつつ、真琴の「大昔に何度かあるかもしれない」という言い方から思い出していたのは、かつて慶士が口にしていた推測。

――「あの女はもしかして、高名な陰陽師《おんみようじ》の系譜なんじゃないか。たとえば、大昔にここら一帯の悪霊を封印した一族の末裔《まつえい》、とか」

あのときは否定したけれど、かつて鎌倉にいたのなら、まったくありえない話ではないと考えている自分がいた。

「なあ、お前……」

考え出したら止まらなくなり、少し探りを入れてみようかと、天馬は真琴に会話を切り出す。――しかし。

「ねえ、小町通りってなにが有名？　美味《おい》しいものある？」

すっかり機嫌を戻した真琴から逆に問いかけられ、探りを入れる空気ではなくなってしまった。

「有名なもの？」

「うん。天馬は鎌倉育ちなんだから知ってるでしょ」

「いや、悪いが俺はあまり詳しくない」

「なんでよ……。期待外れすぎる」

「勝手に期待するな。ここでの俺の生活を見てればだいたい想像つくだろ」

「確かに……。天馬は引きこもりで世間知らずの無気力修行厨《ちゅう》だった。……え、やばい奴じゃん」

「しみじみ言うな」

酷《ひど》い言われようだが、せっかく戻った機嫌をふたたび損ねるのは避けたく、天馬は込み上げる苛立ちを嚙《か》み殺す。そして。

「俺はともかく、そういうことは鹿沼さんが詳しい。さっきの返事が来たら、ついでに聞いといてやる」

機嫌取りであると悟られないよう、あくまでぶっきらぼうにそう言うと、真琴は途端に目を輝かせた。

「まじで！」

「ああ」

「……なんか不気味」

「…………」

つい文句が口を衝《つ》いて出そうになり、天馬は慌てて咳払いをする。

真琴はやや訝しんだ表情を浮かべながらも、立ち上がって大きく伸びをした。

「じゃ、私はそろそろ部屋に戻っていろいろ準備でもしとこうかな。鹿沼から連絡あったら教えてね」

「……了解」

天馬は頷《うなず》き、ひらひらと手を振る真琴の後ろ姿を目で追った後、一人になった本堂でどっと脱力する。

そして手元の資料に視線を落としながら、今回はまた酷く気分の悪い案件だとしみじみ思った。

ただその半面、今しがた真琴と話した感じからしても、元凶となる悪霊は、ここ最近連続して姿を現した大昔の悪霊たち程ややこしい相手ではなさそうだと、内心ほっとしている自分もいた。

そのときの天馬は、近々自分の安易な計画を後悔することになるなんて、夢にも思っていなかった。

＊

鹿沼から連絡が来たのは、二日後の昼過ぎのこと。

ただし届いたメッセージに質問への回答はなく、綴《つづ》られていたのは、「外で少し会えないか」というたったひと言だった。

つまり天成寺では話せない、身内の誰かに聞かれたくない内容であると想像できるが、そんなことはかつてなく、天馬は不穏な予感を抱きながらも、「了解」と返事を送る。

間もなく返されたのは、由比ヶ浜に近い喫茶店のＵＲＬと、「二十時で」という時間指定だった。

天馬はなんとなく落ち着かない気持ちで夕方まで過ごした後、一応誰にも、もちろん真琴にも見られないよう山門を通らずに天成寺を抜け出し、徒歩で指定の場所まで向かう。

着いたのは「もくば館」という名のずいぶんレトロな喫茶店で、中に入ると、一番奥のソファ席から鹿沼が手招きした。

他に客は数人しかおらず、天馬は狭い通路を奥まで進み、鹿沼の正面に座る。

そして。

「なんの話ですか、わざわざこんな場所に呼び出して」

早速切り出すと、鹿沼はソファにだらしなく背中を預けたまま、苦笑いを浮かべた。

「ねえ、二人っきりでもそのよそよそしさで行くの？」

「は？」

「いやめちゃくちゃ素っ気ないから。もっと昔みたいに普通に話そうよ。そうだ、みんなは元気？　蓮は身長伸びた？」

「……で、なんの話ですか」

「思春期かよ」

ツッコミの言葉選びからして、鹿沼はこんな態度を取る本当の理由がわかっているのだろうと天馬は思う。

現に、祓師をやめて出て行った鹿沼を妬《ねた》ましく思う気持ちの陰には、兄に捨てられたような寂しさがいまだに尾を引いており、まさに思春期さながらだと自覚していた。

「……早く本題を」

これ以上余計な話に時間を割きたくなく、天馬はぶっきらぼうに話を急《せ》かす。

鹿沼はそれをまぁまぁと宥《なだ》め、バッグからタブレットを取り出しながら、カウンターの店主らしき男に向かって「コーヒー一つ追加で」と叫んだ。

そのすっかり慣れた振る舞いに、おそらくここは鹿沼行きつけの喫茶店なのだろうと天馬は思う。

「で？」

途端に居心地悪く感じ、天馬は鹿沼の手元のタブレットを覗《のぞ》き込んだ。

「めちゃくちゃ急かすじゃない……。いや、真琴ちゃんからの質問の件だよ。ここ数年で死んだ性犯罪者どうのこうのってやつ」

「該当する人間がいたんですか？」

「まずもって、そういう視点で考えてなかったから驚いたんだよね。ほら、そもそも事件になってないから、捜査もされてないしさ。悪霊の仕業だってことは確信してたけど、目的やら犯人像まで考えが及ばなくてさあ。なにせこっちは公安で一匹狼だし、いろいろ忙し……」

「――結、論、を、早く」

「……わかったって。圧が怖いんだよさっきから」

鹿沼は怖いと言いながらも、苛立《いらだ》つ天馬を明らかに面白がっている様子だった。

天馬は過剰に反応するのを止め、間もなく運ばれてきたコーヒーに口もつけず、窓の外に視線を向ける。

鹿沼はさすがにやりすぎたと思ったのか、やや申し訳なさそうに苦笑いを浮かべた。

「ごめんて。久しぶりに二人で会えたから、ちょっとはしゃいじゃったんだ」

「…………」

「わかったわかった話す話す。……いたんだよ、まさに性犯罪の前科を持つ人間が。松《まつ》尾博一《おひろかず》っていう三十五歳の男なんだけど、ちなみに逮捕されたのは一度じゃないし、内容も結構えぐい。っていうのが、部屋から被害者の髪の毛が大量に見つかったんだよ。しかもコレクションみたいに、丁寧にファイリングされてたって話。まあ、そいつは何度目かの逮捕直前に逃走した末、山中で自殺したから、被疑者死亡により不起訴っていうモヤッとした結末を迎えたんだけど」

「…………」

散々勿体《もったい》ぶったかと思えば、ようやく口にした内容があまりにも情報過多で、天馬は一瞬混乱した。

しかし、理解が追いつくにつれもっとも引っかかったのは、やはり髪の毛のコレクションのこと。

なにせ、黒髪ロングという特徴については、真琴との話の中でも、被害者の共通点として挙がった部分だ。

つまり、その犯人は美しい髪に強い執着があり、死んだ後もなおその嗜好《しこう》を強く持ち続けているのだと考えると、いろいろと辻褄《つじつま》が合う。

「女性を攫《さら》って命を奪った悪霊の正体は、十中八九そいつでしょう」

天馬の呟《つぶや》きに、鹿沼も頷いてみせた。

「だと思う。自殺となるとただでさえ浮かばれないし、歪《ゆが》んだ欲求を持つ奴が抱える無念はかなり粘着質だからね。一番胸糞《むなくそ》悪いタイプの悪霊が完成するんだよな」

「真琴の予想通りの変態野郎ですね」

「俺も、さすがの勘だなって感心しちゃった」

鹿沼は頷きながら、タブレットを天馬に向ける。

そこには犯人の画像が表示されていたが、見た目に関してはこれといった特徴はなく、痩《や》せ型の普通の男だった。

「で、……なぜ、その話をわざわざ外で？」

天馬はタブレットから視線を外し、もっともモヤモヤしていた疑問を口にする。

すると、鹿沼はわざとらしく肩をすくめた。

「いや、松尾が今回の犯人じゃないかっていう説が浮上したときにさ、なんとなく思ったんだよ」

「……なにを」

「二人の被害者と、被害者の可能性が疑われる失踪《しっそう》者を含めた四人はつまり、この変態野郎の性癖に合致する、清楚《せいそ》な黒髪のロングヘアーだったわけでしょ？……で、まさに似た特徴を持つ人物が、今、天馬の身近にいるわけじゃん」

「真琴のことですよね。ですから、今度彼女を……」

「──囮《おとり》にしようと思ってるよね？」

言おうと思っていたことを先に言われ、しかもその語調がいつになく強く、天馬は思わず動揺した。

鹿沼はさっきまでの笑みを収め、天馬をまっすぐに見つめる。

「やっぱり、そんなことだろうと思った。……ただ、それが、どれだけ危ない計画か、自覚はあるの？」

一気に空気が張り詰める中で向けられた問いが、天馬の心に重く響いた。

しかし天馬としても思うところがあり、鹿沼を睨《にら》み返す。

「鹿沼さんは、真琴が悪霊を祓《はら》うところを見たことないでしょう。あいつが、ここ数年で悪霊になったような奴に負けるわけがありません」

その点に関して、すでに真琴と何度も行動を共にしている天馬には、絶対的な自信があった。

しかし鹿沼は、まったくわかっていないとでも言いたげな表情を浮かべる。

「そりゃ、普段の真琴ちゃんならそうなんだろう。……でも、霊っていうのは天馬も知っての通り警戒心が強い。呪符《じゅふ》やら祓いの道具なんかを持ち歩いている人間なんか、まず狙わないよ。つまり、囮になるなら、丸腰でなければならない」

「丸腰……」

囮作戦などやったことのない天馬にとって、それは考えもしなかった指摘だった。

鹿沼は戸惑う天馬の視線を捉《とら》えたまま、さらに続ける。

「わかってる？　丸腰で餌になるってことの意味。しかも相手は、女の子を襲った上に髪をコレクションする超がつく変態野郎だ。捕まればいったいどんな目に遭わされるか、……下手すると、一生もののトラウマだぞ」

「…………」

ようやく理解した天馬は、囮になれと軽々しく言ってしまった二日前の自分の態度を今になって後悔した。

同時に、悪霊の正体が性犯罪者であると予想しながらも囮作戦を受け入れた、真琴への疑問が浮かんだ。

「ですが、真琴はどうして断らなかったんでしょうか。……多分、俺と違って全部わかってたはずなのに……」

ひとり言のように呟くと、鹿沼は呆《あき》れた様子で片肘《かたひじ》をついた。

「そりゃー、信じてるんじゃないの？　天馬のこと」

「は……？」

「は？　じゃないだろ。そうじゃなきゃ、こんな想像力のカケラもない間抜けな男のために囮になろうなんて思わないよ」

「…………」

あり得ないと思う気持ちもありながら、丸腰の必要があるという話を聞いた後では強く否定できず、天馬は黙り込む。

自分に置き換えて考えても、呪符も持たずに悪霊に捕まりに行くなんて、よほど信用のおける協力者でもいなければまず了承できないからだ。

「真琴が、俺を信用……」

「そこに関しては、別に不思議じゃないけどね。天馬って、明らかに悪いこと考えられないタイプだし、なにかあったときは一生懸命助けようとしてくれるだろうし。……まあ、頭が固いぶん要領は悪そうだけど」

「……悪口ですか」

「まさか。ともかく、天馬はそういうことを全然わかってないだろうから、兄としては先んじて自覚させといた方がいいと思って呼び出したんだよ。で、わかった上で、ちゃんと守ってやれよって言っとこうと思って」

「……なるほど。理解は、しました」

「理解は、ってなに」

「〝兄として〟は余計なので。勝手に天霧屋を出て行った癖に」

「……なにそれ、可愛いんだけど」

「やめろ、気持ち悪い」

思わず素で言い返しながらも、まったく考えが及ばなかった部分に気付かされた時点で、鹿沼には到底敵《かな》わないと天馬はしみじみ痛感していた。

同時に、真琴に対する申し訳なさがじわじわと込み上げ、天馬は膝《ひざ》の上で拳《こぶし》をぎゅっと握る。

鹿沼はそんな心境すら見透かしているのか、すっかり冷めたコーヒーを天馬の正面に寄せながら、小さく笑った。

「とりあえずコーヒー飲めば？　俺の奢《おご》りだからさ」

「……経費じゃないでしょうね」

「いやいや、俺はこう見えて真面目なのよ。あと、一応言っておくけど、俺は天霧屋を出た今も、天馬が思う程変わってないからね。いつだって天馬の力になりたいと思ってるし」

「よく言いますね。変な依頼ばかり持ってくるくせに」

「なんて？　ごめん聞こえなかった」

「…………」

わざとらしく首をかしげる鹿沼を見ながら、確かに、いつもヘラヘラして軽口ばかり叩《たた》くところは昔からまったく変わっていないと天馬は思う。

ある意味肝が据わっているとも言え、そういう部分は少し真琴を彷彿《ほうふつ》とさせた。

「あの、……では、ひとつお願いというか、教えてほしいことが」

「え、天馬が俺に？……なんだよ、なんでも言ってよ。まさか捜査情報？　今の俺ならうっかり流さないとも言い切れな……」

「――いえ、小町通りで有名なものを教えてください」

「……は？」

「小町通りで有名なものです。人気がある食べ物とか」

「……そんなこと？　それ、わざわざ俺に聞く必要ある？」

「鹿沼さんに聞きたいことなんて、むしろそれくらいしか」

「…………」

よほど期待外れだったのだろう、鹿沼はブツブツ文句を言いつつ携帯を取り出し、写真のライブラリを開いた後、天馬にディスプレイを向ける。

そこにはカラフルなトッピングが載った団子が映っており、鹿沼がスクロールすると、クレープやソフトクリームなどが次々と表示された。

「土地柄か、小町通りの近辺には和スイーツが多いんだよ。最初に見せた団子とか、大仏の顔の形をした饅頭《まんじゅう》とかは結構有名かも。もちろん、定番のクレープやらタルトやらもあるけど」

「……なるほど」

鹿沼は有名と言うが、天馬にとってはほとんど知らないものばかりで、やはり人選は正しかったようだと天馬は思う。

鹿沼はひと通りスクロールした後、すべての画像を天馬の携帯に送った。

「どうせ真琴ちゃんの接待でしょ？　これ見せて好きなの選ばせてあげなよ」

「接待、というわけでは」

「接待くらいしなさいって」

「というか、鹿沼さんはなんでそんな画像を持ってるんですか」

「なんでって。よく行くから？」

「……そう、ですか」

誰と行くのかという問いは、愚問な気がして噛《か》み殺した。

鹿沼は頷《うなず》き、携帯をポケットに仕舞う。

「最近はみんな食べ物の写真撮るじゃん。むしろ、撮られる前提で商品を開発してる店も多いし。だから、撮らないと逆に肩身が狭いんだよな」

「はあ……。俺にはよくわからない感覚ですが……」

「で、今ので天馬の要望には応《こた》えられた？」

「あ、……はい。俺が求めていた五倍くらいの情報量でした」

「ずいぶん含みを感じるけど、……役に立ったならまあいいや」

鹿沼はそう言うと、満足そうにコーヒーを飲み干す。

天馬は送ってもらった写真を確認しつつ、たまに写り込んでいる鹿沼の姿を見つけては眉間《みけん》に皺《しわ》を寄せた。

こうしてプライベートの写真を見ることで、今はもうまったく別の人生を歩んでいるという事実をより実感したからだ。

とはいえ、もう何年も前のことを考えても仕方がなく、天馬は頭を切り替えて席を立った。

「じゃあ、帰ります。今日はありがとうございました」

「いえいえ。成功を祈ってるね」

「……努力します」

本当は真琴くらい大口を叩きたいところだが、今日ばかりはさすがに言えず、天馬は小さく頷き店を後にする。

時刻はすでに二十二時前だったが、海から届く風はぬるく、なんだか夏の気配を感じた。


「――〝大仏さま焼き〟を三個……いや五個ください！」

「食い過ぎだろ。お前の胃袋どうなってんだ」

「これ食べたら、鹿沼の写真にあったクレープ屋さん行こうよ」

「聞けよ人の話」

囮《おとり》計画の、当日。

支払いはすべて天馬が持つと伝えていたせいか、真琴は小町通りに着いた瞬間からテンションが高く、怒濤《どとう》の勢いで店を回った。

天馬はその異常な食欲に驚く半面、写真映えをいっさい無視して一瞬で食べ尽くす真琴の豪快さに、内心清々《すがすが》しさを感じていた。

「いいのか？　鹿沼さんいわく、多くの若者は先に写真を撮るらしいぞ」

「なんで？」

「なんで？……知らん」

「話題に出すならそこまで聞いといてよ」

「聞いたような気もするが、興味がなさすぎて覚えてない」

「天馬らしいわ」

真琴は不満を零《こぼ》しながらも、自身もさほど興味はないようで、店主から渡された〝大仏さま焼き〟を見て満足そうに目を細める。

かと思えば、それを齧《かじ》りながら早くもクレープ屋の方へ向かった。

「天馬も一個いる？」

「いや、いい。お前を見てたら胃もたれしてきた」

「おっさんじゃん」

そう言って笑う真琴はいたって普段通りだが、今日はまったくの丸腰であり、いつものリュックすら持っていない。

出発前に「今日は丸腰で」と一応確認したところ「当たり前でしょ」と即答された。

鹿沼の言葉すべてを鵜《う》呑《の》みにするつもりはないけれど、この余裕が天馬に対する信頼からきていると思うと、なんだか身が引き締まる思いだった。

ちなみに、当初は真琴から少し離れて歩く予定だったのだが、真琴いわく、「多少離れていようが悪霊にとっては同じ」とのことで、結果的に現在の「食べ歩きする女と財布係」といった仕様になっている。

天馬としては、さも適当な真琴の意見を疑わしく思う半面、一人で歩かせるのも気が進まず、真琴の意向に合わせることになった。

「人、多いね」

「観光地だからな」

「つまんない答え」

「他にパターンがあるなら教えてくれ」

ひとたび冷静になれば、真琴となんの変哲もない会話をしながら小町通りを歩くなんて、少し前の自分なら想像も付かなかっただろうと天馬は思う。

ただ、凝った食べ物にいちいち目を輝かせる真琴を見ているのは、そう退屈ではなかった。

しかし肝心の悪霊の気配についてはまったく収穫がなく、ひたすら歩き回っているうちに、時刻はとうとう十五時を回る。

午前中からずっと気を張っていた天馬の集中力もさすがに限界を迎え、一旦《いったん》回復を図るため、二人はカフェのテラス席でひと息つくことにした。

「囮作戦、今日はもう無理かもね」

散々食べた後だというのに甘そうな飲み物を選んだ真琴に呆《あき》れながら、天馬は頷く。

「簡単に考えてたわけじゃないが、ここまで手応《てごた》えがないと、見当違いな気すらしてきた」

「そう？　見当違いとまでは思わないけど。まだ初日なんだし、もう少し気長に構えようよ」

「初日ってまさか、現れるまで続ける気か？」

「え、天馬は一日でやめる気だったの？　やろうよ、私にとってはおいしい作戦でしかないし」

「…………」

「なんで黙んの」

「いや、……お前――」

本当に怖くないのか、と。

あまりにも余裕すぎる真琴の態度から改めて疑問が浮かんだけれど、なんとなく口には出せなかった。

真琴が首をかしげ、ひとつにまとめた長い髪がサラリと揺れる。真琴の性格上、あまり髪の手入れをしているとは思えないが、その絹のような美しい艶《つや》に天馬は思わず見惚《みと》れた。――瞬間、ふと、どこからともなく何者かの視線を感じる。

勘違いとも取れる程度のものだったけれど、天馬は慌てて集中し、周囲に視線を彷徨《さまよ》わせた。

するとと、近くの席に座っていた数人の男たちが気まずそうに視線を逸《そ》らす。

どうやら悪霊ではないようだとほっとしつつも、やたらと視線を集める真琴に、天馬は今さらながら感心した。

天馬もまた、初めて会ったときはあまりの美しさに驚いたものだが、口も態度も悪い中身を知ってしまった今となっては、真琴の見た目についてどうこう思うことはまったくない。

「……お前、目立ってるぞ」

一応報告すると、真琴はさも面倒臭そうに、椅子にぐったりともたれかかった。

「だろうね」

「憎たらしい反応だな」

「別に、慣れてるし。で、喋《しゃべ》ったら、予想と違ったとか言うんだよ」

「荒《すさ》むな、どうせ馴《な》れ合うつもりもない癖に。そもそも、実際お前の中身は酷《ひど》い」

「言うね」

真琴は天馬の言葉を楽しそうに笑い飛ばし、グラスの中身をストローで一気に飲み干す。

そして。

「じゃあ、……行こっか、後半戦」

一瞬、真琴の口調がなんだか意味深に聞こえたけれど、天馬にはその違和感が上手《うま》く言語化できず、結局、ただ頷《うなず》いてみせた。

「──ねえ、ちゃんと助けに来てよね」

それは、真琴がその日小町通りで最後に口にした言葉。

休憩を終えて十分程経過した頃、──真琴は、忽然《こつぜん》と消えた。

天馬が最後にその姿を見たのは、小町通りの北端あたり。

午前中からもう何往復もしているせいで、やや警戒心が緩んでいる自覚はあったものの、真琴が消える直前にもまったくそれらしき気配を感じなかったため、天馬としては狐に化かされたような気持ちだった。

「真琴……？」

天馬は一人呆然《ぼうぜん》と立ち尽くしたまま、ほんの少し前の出来事を振り返る。

思い出すのは、しばらく黙っていた真琴が、いきなり土産店での購入品が入った紙袋を漁《あさ》りはじめたこと。

紙袋の中には、箸《はし》や扇子や調味料にいたるまで、天馬の支払いをいいことに真琴が土産店で買いまくった物がギチギチに詰め込まれており、天馬はその乱暴な仕草を横目で見ながら、袋の底が抜けないかとヒヤヒヤしていた。

一応苦言を呈したものの完全に無視され、かと思えば、真琴は突如天馬の袖《そで》の中になにかを突っ込み、「これお守りね」と言った。

わけがわからず、袖の中を確認しようと天馬が立ち止まったとき、前方から聞こえたのが、「ちゃんと助けに来てよね」という先の台詞《せりふ》。

意味深な言い方が気になりすぐに視線を向けたものの、そこにはすでに真琴の姿はなく、紙袋だけがぽつんと残されていた。

正直、天馬には、いったいなにが起こったのかまったく理解ができなかった。

ただ、ひとつ言えることがあるとすれば、真琴の方は、確実になにかに気付いていたという事実。

消える直前の様子のおかしさはもちろんのこと、今になって思えばカフェにいたときから真琴は少し変で、天馬はあのときの違和感をなぜ深追いしなかったのかと、心底後悔した。

「なんでなにも言わないんだ……！」

思わず大声を出してしまい、通行人たちの視線が一気に集まる。

けれど、そのときの天馬は真琴のことで頭がいっぱいで、気にしている余裕などなかった。

天馬はひとまず真琴がいなくなった辺りをぐるりと見回し、気配を探る。

しかし、人の多さに加え、どんな小さな手がかりでも欲しいという切実さがかえって集中を邪魔し、意識は散漫になる一方だった。

おまけに、心の中では真琴の「助けに来てよね」という言葉が何度もこだましており、そのたび無力感と絶望感で胸が締め付けられる。

「反省してる場合か……」

それでも天馬は無理やり自分を奮い立たせ、小町通りを北から抜けて、行方不明者の遺体が見つかったという山の手の方へ向かった。

人通りは一気に減ったものの、神社仏閣の多いこの辺りは浮遊霊などの小さな気配が多く、ひとつひとつ確認しているうちに、みるみる精神が消耗していく。

そうこうしている間にも時間はどんどん流れ、やがてすっかり日が落ちてしまった頃、天馬はようやく立ち止まり、地面に崩れるように膝《ひざ》をついた。

「どこに消えたんだよ……」

自責の念は膨れ上がるばかりだが、心身の疲労はすでに限界を超えており、天馬は立ち上がることもできないままその場でしばらく項垂《うなだ》れる。

ただ、数時間ぶりにゆっくりと呼吸をしたお陰か、心の中では、こういうときだからこそ冷静にならなければならないという、ようやく本来の天馬らしい思考が復活しはじめていた。

「焦るな……、冷静に……」

天馬は自分に言い聞かせるように繰り返しそう唱えながら、ゆっくりと思考を巡らせる。

すると、真っ先に脳裏を過《よぎ》ったのは、前に真琴から指南を受けた気配を辿《たど》る方法。

あれ以来、天馬は長年使ってきた気配に反応する羅針盤をまったく必要としなくなった。

ただし、その方法を使うには、普段より何段階も高い集中が必要となる。

つまり、疲労困憊《こんぱい》の天馬には到底無理な芸当であり、なにより必要なのは、もどかしくも休養と回復だった。

ならば一度出直すべきだと、天馬は立ち上がって小町通りまで引き返し、足早に通り抜けて車を停めた駐車場へ急ぐ。

すでに絶望感や無力感や後悔などは考え尽くしていて、頭の中はもはや無の境地だった。

天馬は車に乗ると、無心で運転して天成寺へ戻り、山門の前に雑に車を停める。

そして、まずは正玄に報告せねばならないと思いながら車を降りた、そのとき。

「――ずいぶん非情な方法でライバルを蹴落《けお》とすんだな」

背後からよく知る声が響き、ドクンと心臓が揺れた。

咄嗟《とっさ》に振り返った天馬の視界に映ったのは、頭に浮かんだ通り、慶士の姿。

「慶士……！」

名を呼ぶと、慶士はずいぶん冷めた表情で天馬と目を合わせた。――そして。

「あの女が邪魔になって、わざと餌にしたんだろ？」

続けて口にしたのは、悪意の滲《にじ》むひと言。

〝あの女〟が真琴を指していることは明らかであり、天馬はその瞬間に、慶士はどういうわけか、今日の一部始終を知っているらしいと察した。

たちまち疑問と怒りが込み上げたけれど、そのときもっとも天馬の心を占めていたのは、あの慶士がそんな怖ろしいことを口にするなんて、という驚き。

「どうしたんだよ、お前……」

信じ難い気持ちで尋ねたものの慶士はなにも答えず、ただ嫌悪感を露《あら》わに眉根《まゆね》を寄せた。

その表情は、腹を割って話したいという天馬の思いを一瞬で打ち砕くくらいに冷たく、拒絶的だった。

込み上げる不安と寂しさに苛《さいな》まれながら、天馬は慶士との距離をゆっくりと詰める。

「答えてくれないか……。連絡もつかず、召集も当主からの呼び出しも無視して、お前、なにがしたいんだ……？」

語尾は弱々しく震えたけれど、慶士は表情ひとつ変えず、ゆっくりと口を開いた。

「俺の質問の方が先だろう。……それにしても、あの女を丸腰で歩かせるなんて、上手いこと考えたよな」

それは、すっかり打ちのめされた天馬を嘲笑《ちようしよう》するかのような、あまりにも冷酷な言葉だった。

その瞬間、心の中で、なにか大切なものが壊れたかのような感覚を覚える。

「…………」

「なあ天馬。お前こそ答えてくれよ」

「…………」

「あの女、今頃どうなって……」

「──黙れ」

冷たい口調で言葉を遮りながら、心の奥の方には、慶士にたいしてこんなふうに怒りを向けたことがあっただろうかと、これまで共に過ごしてきた日々を思い返している自分がいた。

それは同時に、この男はもはや自分が知っている慶士ではないと、強く認識する作業でもあった。

しかし、慶士はいっさい怯《ひる》むことなく、むしろ楽しげに笑みを浮かべる。

「お前まさか、美人の天才祓師《はらいし》に飼い慣らされたのか？」

酷《ひど》く馬鹿にした言い方だったけれど、そのときの天馬の心はすっかり冷め切っていて、反論する気にもならなかった。

天馬は慶士に背を向け、なにも言わずに山門を潜《くぐ》る。

そして。

「……もういい。今のお前とは、話したくない」

そう言い捨てると、振り返りもせずその場を離れた。

もちろん慶士が追ってくることはなく、天馬はそのまま本堂を通り過ぎ、自宅の玄関の前で一旦《いったん》立ち止まって深い溜《た》め息をつく。

いろいろ報告をと思ったけれど、正玄の部屋はすでに照明が落ちており、天馬はそれを言い訳に報告をやめ、すぐ側にあった植木用の水栓の蛇口を捻《ひね》って頭から水を浴びた。

真琴を捜すために集中を必要とする今、慶士のせいで混沌《こんとん》とした頭を、今すぐに冷やしたいと考えたからだ。

なかば衝動的な行動だったけれど、地下水を汲《く》み上げた水は震えが走るくらいに冷たく、思考はもちろん、どうしようもなく荒れていた感情も、スッと落ち着いていくような感じがした。

天馬はしばらく水を浴びた後、ずぶ濡《ぬ》れの着物を気にも留めず、そのまま宿舎へ向かう。

そして、現在立ち入り禁止となっている三階の窓から屋根の上へ上り、そこで座禅を組んで何度か深呼吸をした。

これは、天霧屋の門下が毎日行う精神統一の基本だが、物心ついた頃から当たり前のように繰り返してきた天馬にとっては、心身ともに、もっとも高い休息効果を得られる方法でもある。

真琴に褒められた祝詞《のりと》もそうだが、これまでなんの疑問も持たずにやってきたことが最近になって意味を持ち始めていて、祓師という仕事への疑問を燻《くすぶ》らせていた天馬からすれば、少し複雑でもあった。

しかし、今は余計なことを考えている場合ではなく、天馬は意識が深く沈んでいく感触にゆっくりと身を委《ゆだ》ねる。

やがて全身から力が抜け、蓄積した疲労がじわじわと流れ出ていくような感覚を覚えはじめた頃、天馬はようやく目を開け、真琴の気配を見つけるべく今度は強い集中に移った。

頭を過っていたのは、源氏山公園でのこと。

真琴はあの日、羅針盤に頼りっきりの天馬に対し、「正統な血統を継ぐ人間が、羅針盤に劣る程鈍いはずない」と言い放った。

あのとき受けた衝撃を、天馬は今もはっきりと覚えている。

「真琴……、どこに行ったんだよ……」

天馬は慎重に集中を深め、少しずつ範囲を広げながら真琴の気配を捜す。

小町通りまではそこそこ距離があるが、前回は、この方法を初めて試したにも拘《かかわ》らず、遠く離れた踏切の音まで聞くことができたため、その点に不安はなかった。

そして、――どれくらいそうしていたかはわからないが、ふいに求めていた気配を感じた気がして、天馬の心臓がドクンと揺れる。

ごくごく一瞬のことだったけれど、絶対に見失うわけにはいかないという強い思いで、天馬はさらに集中を深めた——そのとき。

突如、まったく想像だにしなかった現象が起こった。

「なんなんだ……、これ……」

思わず放心してしまったのも無理はなく、わずかな違和感を覚えて目を開けた天馬の視界に広がっていたのは、見覚えのある光景。

目の前にある天成寺の風景と重なるようにして浮かび上がったそれは、土産屋に団子屋にカフェのテラス席にと、明らかに小町通りの様子だった。

一瞬、強引に集中したせいでおかしな作用が起こり、昼間の記憶が映し出されたのかとも思ったけれど、小町通りの真っ暗な空を見て、どうやらそうではないらしいと思い直す。

「まさか……、今現在の小町通りなのか……？」

到底信じがたい出来事ではあったが、その半面、踏切の音が聞こえる程に聴力が研ぎ澄まされるのだから、視力に同じことが起きたとしても不思議ではないと考えている自分がいた。

むしろ、そうであってほしいと、状況が目視できるならそれ以上のことはないと、天馬はひとまずこの現象を柔軟に受け入れ、現れた景色に集中する。

すると、間もなく視界の隅の方に、わずかながらも真琴の気配を帯びる、糸のように細い空気の筋のようなものが見えた。

それは見た目こそ儚《はかな》くも、やたらと主張の強い金色をしていて、まさに真琴そのものを表しているようだと天馬は思う。

であれば、その糸を辿《たど》れば真琴に行き着くはずだと、天馬はもう一段深く意識を集中し、その気配の元を探した。——けれど。

小町通りの北端まで追ったものの真琴の姿はなく、確認できた人影といえば、背中を丸めてさらに北へ向かう一人の男のみ。

落胆しながらも、なんとなく予感めいたものを覚え、天馬はその男の動きを注意深く観察する。

すると、ふいに男の上着のポケットのあたりから、真琴のものと思《おぼ》しき、金色をした気配がするりと抜け出してきた。

予感は一気に確信に変わり、天馬は動揺を抑えながらゆっくりと男の正面に回り、——思わず、息を呑《の》む。

なぜなら、その男の顔が、以前鹿沼に見せてもらった性犯罪の犯人、松尾博一の顔写真と完全に一致していたからだ。

その姿は後ろから見ると生きた人間とほとんど変わらなかったが、命の気配を失った目を見れば、もはや一目瞭然《いちもくりょうぜん》だった。

やはり悪霊の正体はこの男だったのだと確信する中、天馬の心には、言い知れない不安がみるみる膨らんでいく。

もっとも気がかりなのは言うまでもなく、松尾から真琴の気配がしていること。姿はないのに気配だけ纏《まと》っているということがなにを意味するか、その答えはさほど多くはない。

可能性として考えられるのは、松尾が真琴を陵辱したか、真琴の体の一部を持っているか、または、殺したか。

どれであっても救いがなく、天馬の心臓がドクドクと鼓動を速める。

しかし、取り乱して集中を欠いてしまえばこれ以上の手がかりを得られなくなると思い、天馬は無理やり呼吸を整えて、さらに松尾の動きを追った。

改めて見た松尾は、やはり霊とは思えないくらいに景色に馴染《なじ》んでおり、天馬はその背中を追いながら、なかなか見つけられなかったはずだと納得する。

原因はよくわからないが、考えられるとすれば、松尾が命を落としてからさほどの年月が流れていないこと。

ただ、ここしばらくというもの、常識はずれに強い悪霊ばかりを相手にしてきた天馬の感覚が麻痺《まひ》していたことも、否めない事実だった。

「考えるな……、悔やむのは今じゃないだろ……」

隙あらば自分を責めてしまう思考を切り替えるべく、天馬は一旦首を横に振り、松尾の動きに集中する。

松尾は小町通りを抜けた後、街灯の減った暗い道をさらに北へ進み、天馬が真琴を捜し回った山の手のエリアへと向かって行った。

どうやら、さっきも惜しいところまで迫っていたらしいと天馬は思う。

ただ、悪霊となり女性の命を奪っていた松尾の拠点がこの辺りだとするなら、無視できない疑問があった。

もっとも不可解なのは、松尾はともかく、松尾によって命を奪われた女性たちの気配が、さっきも今も、この辺りではまったく感じ取れないこと。

欲のままにこの世に留《とど》まっている松尾はともかく、無念の死を遂げた女性たちの気配が気付けない程に弱いなんて、天馬からすればあり得ないことだ。

疑問が頭を過《よぎ》る中、松尾はどんどん暗い方へと向かっていく。

そして、ようやく松尾が動きを止めたのは、周囲の建物がすっかり少なくなり、次第に細くなっていた道がとうとう途切れかけた頃。

松尾の正面には雑木林が広がっていたが、ほぼ獣道と化した道がその先へと続いているようだった。

目線の先には倉庫と思しき古い小屋が見えるが、その手前はロープで遮られ、「私有地により立ち入り禁止」という木札が下がっている。

松尾はしばらくそこに立ち止まった後、突如、まるで人目を確認するかのようにゆっくりと左右を見回し、ふたたびロープの奥へと足を進めた。

なんだか不穏な予感を覚えながらも、天馬はさらにその後を追う。――けれど。

突如、松尾の姿は雑木林の景色ごと、天馬の視界からぷつりと消えてしまった。

理解が追いつかず、ただただ呆然《ぼうぜん》とする天馬の前に広がっていたのは、宿舎の屋根の上から見下ろす天成寺の風景のみ。

それと同時に酷《ひど》い眩暈《めまい》と頭痛に襲われ、どうやら集中力が限界を超えてしまったらしいとようやく天馬は察した。

咄嗟《とっさ》に冠瓦《かんむりがわら》にしがみつき、激しい痛みをやり過ごしながらも頭に浮かんでくるのは、もう少しで松尾の行方を知れたのにという悔しさ。

ただ、相当な無理をしてしまったことは、頭痛や眩暈はもちろんのこと、遅れて押し寄せてきた疲労感が嫌という程物語っていた。

それも無理はなく、ようやく顔を上げた天馬の視界に映っていたのは、早暁《そうぎょう》を思わせる紺色の空。

携帯を確認すると時刻は三時前で、すでに思っていた何倍もの時間が経過しており、天馬は思わず混乱した。

ただ、たとえ満身創痍《そうい》であっても、せっかく得た情報を無駄にするわけにはいかず、天馬はすぐに屋根から下りて山門まで駆け抜け、雑に停めたままの車に乗り込むと、記憶を辿りながら松尾が消えた辺りを目指す。

幸い、天馬は街よりも山の手の地形の方に詳しいため、小町通りを経由せず最短距離で向かい、天成寺からものの十分もかからず近辺に到着した。

天馬は見覚えのある道を見つけるやいなや路肩に車を停め、山へ向かうにつれ細くなっていく道をまっすぐに進む。

たった一度、しかも幻覚のような現象の中で目にしただけの道だというのに、天馬の記憶は奇妙なくらいに鮮明であり、迷いはなかった。

そして、間もなく行き着いたのは、正面に雑木林が広がる光景。

よく見れば、少し先に見える古い小屋も、ロープも、「私有地により立ち入り禁止」という木札もまさにさっき見たままであり、天馬は一度立ち止まってゆっくりと息を吐き、覚悟を決めて雑木林へ足を踏み入れた。

「……お邪魔します」

小さく呟《つぶや》きながらロープを跨《また》ぐと、そこを境に明らかに足元が悪くなり、雑草の密集度も格段に上がる。

木札には私有地とあったが、かなり長い年月放置されていることは、周囲の様相から明らかだった。

さっき見えていた小屋もまた、近寄ると壁面の一部が朽ちていて、その隙間から、錆《さ》びてボロボロになった台車や農具が見える。

今のところ周囲に目立つ気配はないが、辺りは言い知れない不気味な雰囲気が充満しており、不穏な予感は強くなる一方だった。

「真琴……、無事でいてくれよ……」

天馬は切実な祈りを声に出し、焦りに駆られるまま歩調を速める。

するとふいに目線のずっと先の方に、ぼんやりと人影が見えた。

その華奢《きゃしゃ》な背中は記憶に新しく、あれは松尾だと、どうやら追いつくことができたらしいと、天馬はひとまずほっと胸を撫《な》で下ろす。

ただ、その様子は小町通りで目にしたときより明らかに異様であり、足を進めるごとに首をガクガクと揺らし、膝《ひざ》や肘《ひじ》の関節もおかしな方向に曲がっていて、まるで上から糸で吊《つ》られて操られているかのような不自然さがあった。

それでも気配は相変わらず弱く、天馬は見失わないようその不気味な姿を視界の中央に捉《とら》え、一定の距離を保ったまま後を追う。

正直、天馬の心の中は冷静さを保つのが難しいくらいの憤りで埋め尽くされていたけれど、松尾が向かう先に真琴がいる可能性を考えると、早まったことをするわけにはいかなかった。

そんな天馬の葛藤《かっとう》を他所《よそ》に、松尾は相変わらず妙な動きを続けながら、さらに雑木林を進んでいく。

すると、間もなくわずかに木々が開けた場所に差し掛かり、松尾はそこでぴたりと足を止めた。

天馬は息を殺して気配を消し、姿勢を低くして様子を窺《うかが》う。

しかし、次の瞬間。――松尾は忽然《こつぜん》と、姿を消した。

「な……」

わけがわからず、思わず小さく声が漏れる。

目を離すどころか、その瞬間は瞬きひとつしていなかったからだ。

けれどその姿は現にどこにもなく、咄嗟に松尾がいた場所まで足を進めてみたものの、状況は同じだった。

「どういう、ことだ……」

天馬はパニックになりかけた頭を無理やり落ち着かせながら、必死に考えを巡らせる。

すると、程なくして頭に浮かんできたのは、宿舎の屋根の上で集中したときに目にした、金色に光りながら糸のようにたなびく真琴の気配のこと。

あれをもう一度目視できれば後を追えるかもしれないと、天馬はその場に座り込み、早速集中を試みた。

すでに心身共に消耗しきっている今、あのときと同等に精神を研ぎ澄ませられる自信はなかったけれど、他に方法が無い以上、試さない選択肢などなかった。

天馬は座禅を組んで目を閉じ、ほんの数秒でもいいから真琴の気配を見せてほしいという切実な祈りを胸に、心の中で祝詞《のりと》を唱える。

懸念した通り、集中を高めるのは簡単ではなかったけれど、天馬は諦《あきら》めず、持ち前の根気で黙々と続けた。――そのとき。

ふと、周囲の空気が急にざわめきはじめるかのような、奇妙な感覚を覚えた。

集中は明らかに不完全だったが、なんだか無性に胸騒ぎがし、天馬はゆっくりと目を開ける。――そして、目の前に広がった光景に思わず息を呑《の》んだ。

なぜなら、天馬の周囲には、夥《おびただ》しい数の小さな気配が飛び交っていたからだ。

それらは、小さな魂であることは確かながら、いずれも浮遊霊とも地縛霊とも判断し難い奇妙な気配を纏《まと》っていた。

しばらく見入っていると、魂たちはどんどん天馬の周りに集まり、まるで意思を持っているかのように周りをぐるぐると回りはじめる。

かろうじて目視できる程度の弱い気配ばかりだが、その様子から、救いを求めているかのような、痛切な思いが伝わってきた。

いったいなにが起きているのだと、天馬はかつてない光景を眺めながらしばらく呆然とする。

しかし。

突如、魂たちはなにかに怯《おび》えるように四方に散っていき、それとほぼ同時に、上方から嫌な気配を覚えた。

天馬は反射的に見上げ、思わず硬直する。

なぜなら、ほんの十数センチ先から、どろりとした視線が天馬を捉えていたからだ。

即座に松尾だと理解したものの、その気配も見た目もかなり禍々《まがまが》しく変化しており、顔の半分は陥没して黒ずみ、片目は眼窩《がんか》から飛び出していた。

地縛霊は、ほとんどの場合死の瞬間の姿のまま彷徨《さまよ》うため、おそらく松尾は自殺の方法として、山での転落死を選んだのだろうと天馬は察する。

顔に大きく残っている、どこかに激しく打ち付けたような陥没痕《こん》はもちろん、松尾の後を追う道中に目にした関節のおかしな曲がり方も、そう考えれば納得がいった。

なにより、今まさに天馬に迫る松尾は、衣服の端を木の枝に引っ掛けたままだらんと逆さ吊りになっていて、まさに転落直後の最期の姿を彷彿《ほうふつ》とさせる。

相当な痛みと苦しみを伴った死であったことは、想像に難くない。——が、当然ながら、天馬の心に同情の気持ちが生まれることはなかった。

そのとき天馬が考えていたのは、いきなり消えたかと思えば、ふたたび現れるという、あまりに不可解な松尾の動きについて。

一気に逃げていった気配たちの反応から察するに、松尾はどこかに潜んでいたというよりは、一時的に、完全に消えていたと考えた方が納得感があった。

とはいえ、死後たいした年月も経っていない上、ただの欲望を無念として残したような霊にそんな芸当ができるなんて、天馬にとっては信じ難いことだ。

「お前……、何者だ……？」

込み上げた疑問が口から零《こぼ》れるが、ある意味予想通りと言うべきか、松尾に反応はなかった。

「真琴は、どこに……」

さらに続けた問いにもまったくの無反応で、そのあまりの手応《てごた》えのなさに、天馬は妙な違和感を覚える。

明らかに天馬を標的としているにも拘《かかわ》らず、松尾からは、悪意がほとんど伝わってこないからだ。

それどころか、邪魔するなという意思も、怯えや怒りすらも伝わってこず、言うなれば、天馬にはいっさい興味がないといった雰囲気すらあった。

このちぐはぐさはまるで人形だと、――ふいにそんな感想を思い浮かべた瞬間、天馬の脳裏にひとつの可能性が浮かぶ。

「まさかお前、操られてるのか……？」

言いながら、いくらなんでも妄想が過ぎると、冷静に考えている自分がいた。

それでも、あまりにも空虚すぎる松尾の様子を見ていると、その推測を一蹴《いっしゅう》することができなかった。

ただし、もしそうだと仮定した場合、必然的に、松尾を操っている者が存在することになる。

途端に陰謀めいたものを感じ、背筋がゾッと冷えた。――しかし。

そんな考察が一気に吹き飛んだのは、松尾が天馬に向けて、だらんと腕を垂らしたときのこと。

攻撃というよりは重力に負けたといった動きだったが、その指先を見るやいなや、天馬は思わず硬直した。

なぜなら、その指の間に、数本の長い黒髪が絡まっていたからだ。

しかもその周囲には、ほんのかすかではあるが、真琴の気配によく似た金色の光が見えた。

「おい……」

たちまち頭に血が昇った天馬は、考えるよりも先に松尾の体を強引に摑《つか》み、地面に引きずり下ろす。

なおも松尾の気配に変化はないが、天馬には、もはや自分を制御することができなかった。

「真琴をどこにやったんだよ……！」

少しでも反応がほしく、天馬は悶《もだ》える松尾に迫り、無理やり目を合わせる。

松尾は、動作をプログラムされたおもちゃのようにおざなりの抵抗をするが、見た目通り弱々しく、威力はまったくなかった。

「おいって！　頼むから……！」

次第に、松尾に向ける声に焦りが帯びる。

心の奥の方では、おそらく無駄なのだろうとすでに察していたけれど、松尾以外に手がかりがない今、どうしても希望を捨てることができなかった。

「くそ……！　なんとか言えよ……！」

切実な叫びが、雑木林に響き渡る。

やがて途方に暮れて動きを止めると、依然として適当な抵抗をする松尾の指先が天馬の顔に触れ、強い腐敗臭が鼻を突いた。

天馬は虚《むな》しさともどかしさを抑えきれず、反射的にその手を摑み、指先に絡まった真琴のものと思《おぼ》しき黒髪を無理やり剝《は》がしとる。

髪の毛一本すら、この男の欲を満たす道具にすべきでないと思ったからだ。

しかし、──そのとき。

『お　おお　お　お』

たった今までまるで人形のようだった松尾が、突如唸《うな》り声を上げた。

それを機に気配もたちまち膨張し、辺りの空気がさらに禍々しく澱《よど》む。

なんだか危険な予感がし、天馬は即座に松尾から離れようとしたものの、これまでにない素早い動きで両手首を摑まれ、身動きが取れなくなった。

必死に抗《あらが》うも力では敵《かな》わず、まるで別人のような変化に天馬は動揺する。

「なん、なんだ……、お前……」

声を絞り出すと、松尾は眼球をぐるりと動かし、真琴の髪を握り締めた天馬の右の拳《こぶし》に焦点を合わせた。

そして。

『おお　お俺の　俺の』

震える声でそう呟《つぶや》いたかと思うと、凄《すさ》まじい力で天馬の体を撥《は》ね除《の》ける。

背後に大きく飛ばされた天馬は、無防備のまま地面に背中を打ち付け、突き抜けた痛みで一瞬呼吸を忘れた。

しかし苦しんでいる暇も与えられないまま、松尾は体の上に乗り上がってきたかと思うと、必死の形相で天馬の右手に摑みかかる。

その表情にさっきまでの空虚さはまったくなく、その様子から、真琴の髪に対する強い執着心が伝わってきた。

おそらく、さっき天馬に奪い返された瞬間に、感情のスイッチが入ったのだろう。

ただ、天馬としても、みすみす渡すわけにはいかなかった。

「ふざ、けるな……、お前のじゃ、ない……！」

天馬は渾身《こんしん》の力で松尾の手を振り解《ほど》き、呪符《じゅふ》を取り出そうと着物の懐に手を突っ込む。

祓《はら》えば手がかりを失ってしまう懸念はあるが、話が通じないことはすでに明白である上、このままでは自分の身が危険だと察したからだ。

しかし、指先が呪符に触れる寸前、突如、天馬の肩に激しい痛みが走った。

「っ……！」

悲鳴は声にならず、真っ白になった頭で唯一理解できたのは、松尾が肩に噛《か》みついているという状況。

ここまで人間に干渉できる霊は珍しいが、現に松尾の噛む力は肉を食いちぎらんばかりに強く、込み上げた恐怖で額に嫌な汗が滲《にじ》んだ。

やがて拳からは力が抜け、指の隙間から真琴の髪がハラハラと零れ落ちる。

すると、松尾はようやく肩から離れ、天馬の着物の上に散った髪を震える手で拾いはじめた。

天馬は肩から血が溢《あふ》れる生温《なまぬる》い感触を覚えながら、歯を食いしばって痛みの余韻をやり過ごす。

頭を巡っていたのは、少し前の自分なら、到底敵う相手ではないと早々に諦《あきら》め、自らの運命を嘆いていただろうという思い。

父の死を目の当たりにして以来、いずれ悲惨な死を遂げる未来を当たり前のように受け入れていたからだ。

かたや今は、完膚なきまでに追い込まれた状況であっても、そういう心境にはなれなかった。

「不本意だが……、あいつの影響を、受けてるな、俺は……」

真琴の数々の嫌味を思い出しながらひとり言を零すと、不思議なことに、わずかに気力が戻りはじめる。

改めて松尾を見ると、その手には拾い集めた髪が握られていて、湧いたばかりの気力が一気に憤りに変わった。

「……真性の、変態野郎だな」

皮肉を言うと、松尾はほんの一瞬動きを止め、眼球をぐるりと動かして天馬を見つめる。

その目には、最初の頃にはなかった怒りがはっきりと見て取れ、劣勢であるにも拘らず、天馬はわずかな希望を感じていた。

怒りの感情が隙を作りやすいことを、経験上、知っているからだ。

「……そこまで変態を極めていても、人から言われるのは嫌なのか」

天馬はさらに松尾を煽《あお》るべく、言葉を続ける。

すると、松尾は案の定瞼《まぶた》を大きく震わせながら、ふたたび眼球をぐるぐると動かしはじめた。

まさに狙った通りの隙ができ、天馬は絶対にこの機を逃すまいと、即座に松尾の手を思い切り薙《な》ぎ払う。

同時に、松尾が手にしていた髪は宙へと大きく舞い散り、即座に風に攫《さら》われていった。

『お　俺　おお俺　の』

「何度も言うが、お前のじゃない」

『ううう』

松尾は弱々しい声をあげながらも、みるみる全身に怒りを滾《たぎ》らせていく。

気配はまた一段と強まり、すでにボロボロの天馬には対抗する術《すべ》などまったくなかったけれど、真琴の髪を奪い返すという最低限の目的が叶《かな》ったお陰か、達成感すら覚えていた。

そんな中、松尾は天馬の体に乗り掛かったまま、今度は首に掴みかかる。

一気に締め上げられてたちまち意識が遠のく中、天馬は震える腕を無理やり動かし、ふたたび懐の呪符に手を伸ばした。

祝詞《のりと》を唱えられないこの状態ではたいした効果を期待できないが、それでも、松尾と距離を取る程度の隙なら作れるだろうと思ったからだ。――しかし。

ようやく引っ張り出した呪符は隙を作るどころか、松尾に触れもしないうちに黒く変色し、燃え尽きた灰のように空気に散っていった。

即座に天馬の心に浮かんできたのは、絶望感よりも、シンプルな疑問。

源氏山に現れた巨大な悪霊すら祓った呪符だというのに、ここまで通じないのは、明らかに不自然だった。

それと同時に、頭の中に色濃く蘇《よみがえ》る、謀略説。

やはり松尾は何者かに、――しかも天馬が想像するよりずっと強力な存在に操られているのではないかという、曖昧《あいまい》だったはずの推測がたちまち確度を上げる。

ただし、そんなことが可能な人間として思い当たるのは同業者、つまり祓屋《はらいや》以外に考えられず、仮にも祓屋が、犯罪者といえど死人の霊を道具のように利用して人間の命を狙うなんて、天馬には到底信じ難いことだった。

そんな中、松尾は天馬の首にかけた手にさらに力を込める。

天馬の思考はブツリと途切れ、抗う間もなく目の前の景色が徐々に暗転した。

さすがにここまでかと思いながらも、天馬は地面の雑草を握り締め、無理やり意識を繋《つな》ぎ止める。――そのとき。

突如、天馬と松尾の間にさっき見た小さな魂が現れ、松尾の眼窩《がんか》にスルリと入り込んだ。

『あ　あ　が』

松尾はまるで電池を抜かれたかのように動きを止め、天馬の首にかかっていた力も緩む。

状況はまったく理解できなかったものの、天馬はひとまずこの隙を逃すまいと、松尾の下から無理やり抜け出した。

しかし、たいして距離を取れない間に松尾はふたたび動き出し、自らの目に指を突っ込んで魂を引っ張り出すと、それを一瞬で握り潰《つぶ》す。

かと思えば即座に違う魂が現れ、松尾を弄《もてあそ》ぶように頭上をふわりと舞った。

その奇妙な光景を呆然《ぼうぜん》と眺めながら、もしかしてこの魂たちは、自分を手助けしてくれようとしているのではないかと天馬は思う。

小さな魂からは感情が上手《うま》く読み取れず、あくまで想像に過ぎないけれど、少なくとも松尾を標的としていることは一目瞭然《いちもくりょうぜん》だった。

その理由はわからないが、さっき目にした膨大な数からして、この近くに浮かばれない魂の溜《た》まり場がある可能性が脳裏を過《よぎ》り、天馬は思い立ったまま辺りを見回す。

すると間もなく、目線の少し先に不自然なものが目に入った。

それは、地面を覆うように置かれた、一メートル四方程の鉄板状のなにか。

その周囲だけ明らかに雑草が少なく、付近には、いくつかの小さな魂がチラホラと飛び交っていた。

天馬はなんとなく予感めいたものを覚え、松尾が魂に気を取られている間にゆっくりとそこに近付く。

遠目からではよくわからなかったけれど、近寄ると鉄板の表面には二つの取っ手があり、いかにもその下になにかありそうな雰囲気があった。

「これは……、独活室《うどむろ》か……？」

実際に独活室を目にしたことはなかったが、一部の独活の育成には日の当たらない環境が必要であるため、地下にこういった室を作って栽培するという話を、天馬は前に聞いたことがあった。

ただ、独活室だとしても見るからに長年使われておらず、――ふと、なにかを隠すにはうってつけだと天馬は思う。

「まさか……」

考えた途端に嫌な予感が膨らみ、天馬は片側の取っ手を両手で摑《つか》むと、後ろへ思い切り引いた。

やがて、鉄板はギィと金属の擦《こす》れるような鈍い音を鳴らしながらわずかに隙間を開け、そこから小さな魂が次々と飛び出してくる。

しかし驚く間もなく天馬が気付いたのは、真っ暗な穴の底から伝わってくる、恨みや恐怖や怒りなどが織り交ざった重々しい念。

「なんなんだ、ここは……」

思わず声が震えたのも無理はなく、底の方から感じ取れる気配の数は十や二十では到底きかなかった。

しかも、不可解な点はそれだけではなく、天馬にとってもっとも奇妙なのは、これだけ大量の霊がおとなしく独活室に留《とど》まっていること。

天馬を助けてくれたような、ごく小さな魂だけは出入りしているようだが、底の気配は蓋《ふた》が開いても一向に動く様子がなく、静かに怒りを練り上げているような感じがした。

天馬は念のため、鉄の蓋をさらにずらして隙間を広げる。

しかしやはり変化はなく、――ふいに、ひとつの考えが頭を過った。

それは、この独活室の内部には、霊を閉じ込めるための結界のようなものが施されているのではないかという予感。

目的はともかく、もし天馬の推測通りこの件に同業者が関わっていた場合は、十分にあり得る話だった。

天馬はなかば衝動任せに鉄の蓋の端に手をかけ、渾身《こんしん》の力を込めてそれを裏返す。

すると、思った通り、そこには祓屋のものと思《おぼ》しき呪符《じゅふ》が貼り付けられていた。

「やっぱりか……」

状況的に確信していたとはいえショックを隠しきれず、いったい誰の仕業かと、天馬は呪符の表面の屋号印を確認する。

しかし湿気のせいで文字は読み取れず、ただ、色や形状的に天霧屋のものでないことだけは確かであり、それが唯一の救いだった。

天馬はひとまず結界の効力を失わせるため、呪符の表面を指先で裂く。

けれど、底から伝わる気配には依然として動きがなく、小さな魂がいくつか抜け出てきただけだった。

不思議に思った天馬は、底の様子を窺《うかが》うため、中に首を突っ込む。――瞬間、思った以上に禍々《まがまが》しい気配の圧に当てられ、酷《ひど》い眩暈《めまい》を覚えた。

危うく意識を手放しそうになり、天馬は慌てて鉄板の端を掴んでゆっくりと呼吸を整える。

それと同時に、恐ろしい事実を察していた。

おそらくこの狭い穴の中では、何十体もの魂が寄り集まり、一体の悪霊として完成しようとしているのだと。

少し前なら考え付きもしないような推測だったが、つい最近、源氏山公園でまさにそういう形状の悪霊と対峙《たいじ》している天馬にとっては、自然な発想だった。

しかも、わざわざ結界で塞《ふさ》がれていたことを考えれば、故意にそういう環境を作った可能性が高い。

みるみる怖ろしい方向へ向かう思考を止められず、天馬は一旦《いったん》冷静になろうと、ゆっくりと深呼吸をした。

やがて、徐々に落ち着きはじめた頭に浮かんできたのは、まずはなにより悪霊の完成を阻止すべきだという危機感。

もちろん真琴のことを忘れたわけではないが、このレベルの悪霊が暴れ出してしまえば真琴を助けるどころかすべてが終わりだと、底から湧き上がってくる念が十分すぎる程に物語っていた。

しかし魂の一体化などという異常な現象を止めた経験などあるはずもなく、方法として思い当たるとすれば、悪霊の完成前に少しでも魂を癒《いや》し、あるべき状態に戻すこと。

いわゆる、寺で僧侶《そうりょ》がやるような〝魂の供養〟だ。

ただ、そのためには死者を癒すための祝詞を繰り返さねばならず、祓屋としては使う機会の少ない手段であるため、相応の時間を稼がねばならなかった。

こっそり背後を確認すると、松尾は今もなお目の前を飛び交う魂に集中しており、もはや今しかないと、天馬は早速祝詞《のりと》を唱えはじめる。

途端に周囲の空気がスッと軽くなり、奥から抜け出してくる魂の数も少しずつ増えていった。

どうやら一定の効果は得られそうだと、天馬はさらに集中を深めて祝詞を唱える。――しかし。

突如、背後から強い衝撃を受け、バランスを崩した天馬は危うく独活室の中へ落下しかけ、ギリギリで縁を掴んだ。

理解が追いつかずに視線を彷徨《さまよ》わせると、すぐに、穴を覗《のぞ》き込む松尾の視線に捉《とら》えられる。

松尾は続々と抜け出してくる気配たちを煩わしそうに払い除《の》けながらも、怨《うら》みがましい目つきで天馬をまっすぐに見下ろしていた。

簡単にはいかないだろうとわかっていたつもりだったが、一瞬で救いのない状況に陥り、天馬の額に嫌な汗が滲《にじ》む。

その間にも、穴の奥で漂う気配はふたたび禍々しさを増し、ゾッとする程に冷たい空気が足先まで押し寄せていた。

這《は》い上がろうにも、穴の壁面は湿った土がぬるぬると滑り、足をかけられそうな場所はない。

もし落ちたら絶対に戻っては来られないだろうと、想像した途端に背筋がゾッと冷えた。

一方、松尾はそんな恐怖心を弄《もてあそ》ぶかのように、ゆっくりと手を伸ばして天馬の頭を奥へと押し込む。

両腕にさらに負荷がかかり、たった今想像したばかりの最悪な展開が、みるみるリアルさを帯びた。——けれど。

もう無理だと諦《あきら》めが頭を過った瞬間、天馬の脳裏に浮かんできたのは、真琴が姿を消す間際に口にしていた謎の言葉。

——「これお守りね」

怒濤《どとう》の展開が続きすっかり記憶から抜け落ちていたけれど、そういえば、あのとき真琴は珍しく焦った様子で天馬の袖《そで》の中になにかを突っ込んでいたと、天馬は思い返す。

正直、丸腰だった真琴の所持品に期待はできないが、ただ、これまで何度も真琴の知恵に助けられた経験上、無下にもできなかった。

天馬は最後の望みを託し、穴の両壁に背中と足をつっかえさせてなんとか体重を支え、おそるおそる片手を離して袖の中を漁《あさ》る。

すると、すぐに指先に触れたのは、小さく硬いなにか。

天馬はそれを摑み取って引っ張り出し、即座に確認する。

しかし。

「おい……」

手にした物の正体を理解した瞬間、落胆の呟《つぶや》きが零《こぼ》れた。

それも無理はなく、袖の中から出てきたのは、真琴が小町通りの土産屋で購入したと思しき、食卓用の塩の小瓶。

あまりの馬鹿馬鹿しさに、全身からどっと力が抜けた。

こうも期待外れだと恐怖や焦りすら曖昧《あいまい》になり、むしろ、少しでも真琴の「お守り」に希望を抱いた自分がなんだか可笑《おか》しく、笑いすら込み上げてくる。

「なに買ってんだよ……」

天馬はすっかり呆《あき》れ果て、この状況にそぐわない塩の小瓶を手の中で弄んだ。

すると、突如蓋がパチンと開き、中身がサラリと零れ落ちる。――瞬間、穴の奥の気配が、ほんのわずかに変化したような感覚を覚えた。

それと同時に、いくつかの魂が奥からふわふわと抜け出してきて、松尾の周囲をぐるぐると回りはじめる。

「なんで……」

驚いたことに、それはさっき天馬が祝詞を唱えたときの反応とよく似ていた。

理解はまったく追いつかないが、状況的に塩の作用としか思えず、天馬は考えるより先に、もう一度穴の奥へ向かって塩の小瓶を振る。

半信半疑だったけれど、塩が舞い落ちた直後にふたたび空気が少し晴れ、さっきよりも多くの魂たちが勢いよく抜け出してきた。

「冗談だろ……。まさか、食卓塩に清め効果が……？」

気の抜けた呟きが、穴の中に響き渡る。

ただ、実際に目の前で起こったことを否定できず、天馬は思い立ったまま小瓶のキャップを咥《くわ》えて回し取り、残ったすべての塩を一気に下へと落とした。

すると、その直後に底から激しい風が一気に吹き上がってきて、天馬の体は宙へと大きく飛ばされ、やがて地面へ激しく打ち付けられる。

なんとか独活室《うどむろ》からの脱出は叶《かな》ったものの、全身を突き抜ける痛みで呼吸すらままならず、天馬はその場でしばらくうずくまった。

しかし、状況が把握できていない中いつまでも倒れてはいられず、天馬は無理やり体を起こして周囲を確認する。

最初に目に入ったのは、天馬の方に向かって地面を這いながら、苦しそうな唸《うな》り声をあげる松尾の姿。

その周囲には、独活室から脱出してきたと思しき夥《おびただ》しい数の魂がまとわりつき、松尾の動きを妨害していた。

天馬はその光景を呆然《ぼうぜん》と眺めながら、やはり、独活室の中の魂たちはすべて、松尾に恨みを持つ者なのだと確信する。

鹿沼の話では、松尾の罪状は性加害であり人を殺してはいないはずだが、この異常な恨みの数から推察するとすれば、松尾は生きている間に満たしきれなかった欲望を、死後に、彷徨える魂たちを利用して満たし続けていたのではないかと考えられた。

極めて奇想天外な話であり、そもそも浮遊霊や地縛霊にそんなことが可能かどうかすらわからないが、真琴に託された塩の件が決め手となってか、天馬はいい加減、可否を考えることの不毛さを理解していた。

なにより、独活室からいまだに出続けている魂たちは、迷いなく松尾へと向かっている。

ただ、良くも悪くも悪霊になりきれなかったせいか松尾の力には遠く及ばず、松尾が手を振り回して抵抗するたびに、気配はみるみる数を減らしていった。

その光景は見ているだけで胸が苦しく、天馬は衝動に駆られるままに立ち上がり、懐から呪符《じゅふ》を取り出す。

そして。

「……もういい。後は俺がやる」

魂たちにそう伝えると、松尾の正面に立ち、祝詞を唱えた。

途端に周囲の空気が一気に張り詰め、松尾がピタリと動きを止める。

これまで、「祝詞を唱えるときは必ず平常心で」と正玄から散々言われてきたけれど、真琴の失踪《しっそう》に哀れな気配たちの存在にと、この半日で限界まで膨れ上がった怒りを鎮めることができず、天馬の声はかつてない程に揺らいでいた。

それでも幸い効果に影響はなく、松尾の姿は、早くも指先から砂のように崩れはじめる。

しかし、ようやくあとは首だけとなった、そのとき。

松尾は、あまりにも不自然に、気配もろともその場から消えてしまった。

「な……」

あまりに一瞬の出来事に、天馬はしばらく呆然とその場に立ち尽くす。

残っていた魂たちも天馬と同様に松尾を見失ったらしく、途端に周囲を忙《せわ》しなく動きはじめた。

魂たちにも見つけられないのならば、松尾の気配はすでにここにはないのだろうと天馬は察する。

ただ、突然のことに混乱する一方で、松尾を追ってここまで来たときにも同様の現象が起きているため、また気配を消して逃走を図ったのだろうと冷静に考えている自分もいた。

天馬は二度も逃してたまるかと、即座に集中を深めて松尾の気配を捜す。

体も精神もすでに限界を超えていたが、肝心の真琴が見つかっていない以上、追わないという選択肢はなかった。

すると、――程なくして、ほんのわずかながらも、雑木林のさらに奥へ向かって細く続く、異様な気配の余韻に気付く。

正直、これまでのような深い集中に入るまでもなく見つけられたことへの驚きはあったが、今はそんなことを考えている場合ではなかった。

天馬は松尾が残した余韻が向かった方向を確認した後、追う前に一度振り返って、そこら中に彷徨《さまよ》う魂たちを見回す。

「……悪いが、少し待っててくれ。後で、必ず供養するから」

そう言うと、忙しなく動いていた気配はぴたりと動きを止め、少しずつ明るくなりはじめた空に溶け込むように消えていった。

天馬はそれを見届けた後、改めて松尾を追う。

夜中ならばとても歩けなかったであろう悪路を進みながら、つい頭に浮かんでくるのは、真琴は無事でいるだろうかという不安。

改めて思い返せば、真琴との記憶はどれも憎たらしいものばかりだが、もう謝ることすら敵《かな》わなかったらと思うと胸が締め付けられた。

「どうか、生きててくれ……」

零れた呟きに、やり場のない苦しさが滲《にじ》む。

「真琴……、頼む……」

情けないとわかっていながら、一人黙々と歩いていると嫌な想像ばかりが浮かんでしまい、制御することができなかった。――しかし、次の瞬間。

べる真琴の姿。
勢いよく顔を上げると、目線の少し先に現れたのは、巨大な岩の上で退屈そうに寝そ
まさに求めていた声が響き、心臓がドクンと大きな鼓動を鳴らす。
「おっそ！」

あまりにも日常通りのその態度を見て真っ先に頭に浮かんだのは、これは、精神が限界を迎えたことで現れた幻覚に違いないという確信。

一方、真琴は呆然とする天馬を見て首をかしげ、身軽な動作で岩から飛び降りると、天馬の正面でひらひらと手を振った。

「ちょっと、なんとか言ってよ。ねえ、これ見えてる？」

「………………」

「おーい、天馬？……まさか、立ったまま気絶した？」

「……リアルだ」

「はい？」

「本物と同じくらいイライラする」

「いや、本物なんですけど」

「は……？」

「は？　じゃないし。いつまでもふざけてないで正気に戻ってってば」

どうやらすべて現実らしいと理解したのは、真琴が天馬の頬を思い切り引っ張った瞬

間のこと。

おまけに容赦ない力で抓《つね》られ、一気に頭が覚醒《かくせい》した。

「いっ……！　馬鹿、離せ！」

慌てて振り払うと、真琴はさも煩わしそうな表情を浮かべる。

「馬鹿はそっちでしょ。遅すぎるのよ、いくらなんでも」

「遅い……？　ちょっと待て、意味が……」

「にしても、ボロボロじゃん。もしかして、あの変態野郎とまともに相手……」

「待てって！……まず、状況を説明してくれ！」

もどかしさから声を荒らげた途端に眩暈《めまい》に襲われ、天馬はその場に膝《ひざ》をついた。

真琴はやれやれといった様子で天馬の正面に腰を下ろす。

そして。

「説明もくそも、囮《おとり》なんだから狙い通り攫《さら》われただけじゃん」

いかにも面倒くさそうに、そう口にした。

「攫われた……」

「そうだよ。で、意識が飛んでる間にここに連れて来られてて、周りを見たら松尾を恨んでるっぽい、多分被害者たちの気配が彷徨ってたから、ここを拠点にしてるんだろうなって思って、気配を消して天馬が来るのを待ってたの」

「……つまり、お前は無事だったってことか」

「見てわかんない？　全然無事だよ。あ、端《はな》から攫われる気だったなら先に説明しとけって言おうとしてる？　でも、天馬に言ったら異常に警戒して態度や気配に出ちゃうから、悪いけどあえて黙ってたんだよ。……まあ、意識が飛んだのは想定外だったから、さすがにちょっと焦ったけどさ。……で、急に私を見失った松尾は――」

真琴の言葉が不自然に途切れたのも無理はなく、真琴から「無事」という言葉を聞いた途端、天馬はなかば無意識的に真琴の肩に額を預けていた。

おかしなことをしている自覚はあったけれど、一気に込み上げた安心感のせいで行動を制御できず、天馬は開き直って真琴の気配に浸る。

「……あのさ、あんたが説明しろってうるさいからしてたんだけど」

真琴は文句を言いつつも、抵抗する素振りはなかった。

天馬もまた、そのままの姿勢で頷《うなず》く。

「ああ、聞いてる。説明してくれ」

「……重いのよ」

「もう動けない」

「うざ……」

「……で、急にお前を見失った松尾がどうしたって？」

強引に続きを促すと、真琴はかなり不満げながらも口を開いた。

「……まず前提として、松尾は変態で粘着質だから、せっかく捕まえた私を見失ったら即座に捜しに小町通りに戻るだろうと予想した上で、あえて気配を消したの。こんな山の中に留《とど》まられたら、天馬が見つけ辛《づら》いだろうと思ったから。……でも、たとえ小町通りに戻ったところで、松尾の気配って思った以上にしょぼいじゃん。だから、私の気配も混ぜといた方が印になると思って、あらかじめ私の髪の毛を松尾の手やら服やらにくっつけておいたんだけど……、――ああ！　だからそんなに憔悴《しょうすい》してんの？　私が殺されたって勘違いして？　天馬の様子があまりにおかしいから、何事かと思っ……」

「紛らわしすぎるだろう、髪の毛は」

喋《しゃべ》りながら勝手に納得していく真琴に苛立《いらだ》ちを覚え、天馬は言葉を遮る。

ちなみに、松尾が女性の髪をコレクションにしていた件は、さすがに不快だろうと考え真琴には知らせていない。

ただ、長い黒髪が被害者たちの共通点であることは真琴も知る事実であり、さすがに罪悪感を覚えたのか、真琴は気まずそうに苦笑いを浮かべた。

「いや……、だって丸腰だし、他に丁度いいものがなかったし」

「に、してもだ」

「じゃあどうすんの。爪でも剝《は》がせって？」

「阿呆《あほう》か。……というか、気配を消せるなら、普通に戻って来ればいいだろ」

「いやいや、ここから離れたら、せっかく見つけた松尾の拠点も、彷徨う気配の居場所も見失っちゃうじゃない。何度も言うけどこっちは手ぶらだし、この辺りの地理なんてサッパリわからないんだから」

「…………」

確かに一理あると思いながらも、どうしても納得がいかず、天馬は重い溜《た》め息をつく。

真琴も真琴で心配をかけた自覚があるのか、まるで言い訳をするような口調でさらに続けた。

「……だいたい、そこまで深く考えてなかったっていうか。天馬がすぐに気付いて追ってくるものと思ってたし」

「いくらなんでも楽観的すぎるだろ……。だいたい、俺が松尾の気配を見つけられていなかったら、どうするつもりだったんだよ」

「それはさすがに無意味な仮説でしょ……。気配を捜すことに関しては、すでにかなり極めてるはずだし」

「そんな簡単に極められるか……！」

否定したものの、天馬は、真琴から指南を受けた気配の捜し方に関し、前程の集中力を必要としなくなっていることを自覚していた。

ついさっきも、満身創痍《そうい》の状態でありながら、松尾のかすかな気配の余韻を見つけ出したばかりだ。

天馬はふと、真琴から何度も言われた「資質がある」という言葉を頭の中に思い浮かべる。

元々の冷めた気質が邪魔してあまり真に受けてはいなかったけれど、明確な成長を実感した今、天馬はようやく、あれはあながち間違っていないのかもしれないと思いはじめていた。

「ってか、いつまで人の肩で休んでんのよ。話を戻すけど、来るのが遅すぎるんだって！　毎度毎度、ほんっと要領が悪い！」

黙って考えごとを始めた天馬に苛立ってか、真琴が天馬の頭を強引に押し返す。

容赦のない苦情は疲れた頭に重く響いたけれど、天馬は内心、いたって平常通りの真琴の様子に少しほっとしていた。

しかし。

「……悪かったとは思うが、仕方ないだろ。こっちは危うく独活室《うどむろ》に落とされかけて……」

そう言いながら唐突に思い出したのは、独活室の蓋《ふた》に貼られていた呪符《じゆふ》。

すっかり緩んでいた天馬の思考が一気に覚醒した。

「そうだ……！　真琴、松尾は誰かに利用されていた可能性がある」

「は？……唐突になに。……誰かって誰」

「特殊な霊能力を持つ人間となると、おそらく俺らの同業者だ」

「……どういうこと？」

口にするごとに、心の中で燻《くすぶ》っていた不穏な予感がみるみる膨らんでいく。

いつも適当な真琴ですら、同業者という言葉にはわかりやすく眉《まゆ》を顰《ひそ》めた。

天馬は一度深呼吸をして気持ちを落ち着かせ、ふたたび口を開く。

「ここまでの道中に古い独活室があったんだが、その中に松尾を恨む小さな魂たちが大量に閉じ込められたまま、呪符で封印されてたんだ。……危うく、ひとつの悪霊になりかけてた」

「……悪趣味すぎる」

「悪趣味で済む話じゃないだろ……。誰かがなんらかの目的のために、とんでもない悪霊を育てようとしてた可能性がある。おそらく、松尾自体が、悪霊の一部となる霊を集めるための装置として使われたんだ」

「やばい悪霊を完成させるために、松尾に魂を集めさせてたってこと?」

「おそらく。……正直、そんな荒唐無稽《こうとうむけい》なことが現実で起こるなんてにわかに信じ難いが……」

「でも、天馬は実際にその独活室で、いっしょくたになりかけた霊を視たんだよね?……いや、待って。……そういや私も視たな」

「……は？　お前、意識飛んでたんだよな」

「今日じゃないよ。源氏山公園で」

「源氏山公……」

すべてを言い終える前に、背筋がゾッと冷えた。

頭に浮かんでいたのは言うまでもなく、前に天馬が源氏山公園で祓《はら》った悪霊のこと。

独活室でも一度頭を過《よぎ》ったことだが、源氏山公園の悪霊もまさに大量の地縛霊の集合体であり、独活室で完成しかけていた悪霊に近い。

途端に、源氏山公園の悪霊も謀略の一端だった可能性が浮上し、天馬は動揺する。

しかしそんな天馬の心情を他所《よそ》に、真琴はさらに続けた。

「あれ……？　もしかして、由比ヶ浜に出た悪霊もそれ系だったり……？　あれも、まぁくっついてはなかったけど、この辺りでは過去にないくらいの大量発生だったんだよね？」

「…………」

「もっと言えば、天馬とバッタリ会ったときの悪霊も……いや、あれは集合体じゃないか。……でも、いきなりフラッと現れるにはちょっと不自然なくらい気配が強かったような……」

「——待て。……待ってくれ」

次々と語られる話が処理しきれず、天馬は咄嗟《とっさ》に真琴の顔の前に手のひらを翳《かざ》す。

そのときの天馬の頭の中は、もしすべてが謀略だったならば、いつから、誰が、なんのためにという疑問で混沌《こんとん》としていて、とても話を進められる状態ではなかった。

かたや真琴はさほど動揺を見せず、周囲を見回す。——そして。

「とりあえず、わかんないことは関係者に聞いてみよっか」

そう言って、真琴がさっきまで寛《くつろ》いでいた岩の奥を指差した。

「関係者……？」

わけがわからないまま視線を向けると、そこにあったのは、首だけとなって気配を潜める松尾の姿。

真琴を見つけた安心感からすっかり忘れていたけれど、天馬はその姿を目にするやいなや、そもそも松尾の気配を追ってここまで来たのだという事実を思い出した。

真琴は松尾に近寄り、その横に膝《ひざ》をつく。

「もうほとんど消えかけてるね。天馬がやったの？」

「俺というか、半分はさっき話した魂たちによる報復だ。……本来は、お前の居場所を知るまで手出しするつもりはなかったんだが……、まあ、いろいろあって。……もっとも、こうして逃げられてるわけだが」

「ふうん。でも、もし逃げられてなかったら、私を迎えに来るのがもっと遅くなってたってことだよね？」

「……蒸し返すな。それより、こいつに聞くってどういうことだ」

「どういうもなにも、この変態はどこぞの祓師《はらいし》に利用されてたわけでしょ？　つまり、そいつの正体を知ってるってことじゃん」

「それは、……そうかもしれないが」

確かに真琴の言う通りだと思うものの、松尾との会話が成立しないことをすでに知っている天馬としては、あまり期待が持てなかった。

その上、松尾の気配は今にも消えてしまいそうな程に弱々しく、天馬が近寄ったところで逃げようともせず、空虚な目を彷徨《さまよ》わせている。

しかし真琴に諦《あきら》める気はないようで、松尾が逃げないよう頭を摑《つか》んだかと思うと、無理やり目を合わせた。

「ねえ、聞こえる？」

『お　お　』

「あんた、誰に利用されたの？」

『あ　あう　おお　おれ　の』

松尾はうわ言のようになにかを呟《つぶや》いていたが聞き取ることはできず、真琴は煩わしそうにその口元に耳を寄せる。

「は？　聞こえない。なに？」

そのとき、ひとつにまとめた真琴の髪がサラリと肩から流れ落ち、松尾の眼球がぐるりと大きく動いた。

その目にはわずかな光が宿っていて、天馬は咄嗟に真琴の腕を摑み、松尾から引き剝《は》がす。

「ちょっ……、天馬なにす……」

「下がれ」

「え？」

真琴はポカンとしていたが、天馬はそれに構うことなく、即座に呪符を取り出し祝詞《のりと》を唱えた。

ほとんど消えかけていた松尾は抵抗ひとつせず、苦悶《くもん》の表情を浮かべながら霧のように散っていく。

やがて、数秒もかからず跡形もなく消え、辺りがすっかり静まり返った頃、真琴がハッと我に返ったように天馬の胸ぐらを摑んだ。

「いやいや、なにしてんの！　あんたが謀略云々《うんぬん》言ってたからこっちは……」

「こいつとは会話にならん。救う価値もないから祓った」

「まだ質問してる途中だったでしょ！　どんだけせっかちなのよ！」

「なあ」

「はあ？」

「お前、……本当に、なにもされてないんだよな」

「なんっかい言わせれば気が済……」

「――わかった。じゃあいい」

ぶっきらぼうに言葉を遮ると、真琴はわけがわからないといった様子で、苛立《いらだ》ちを発散するかのごとく辺りの草を乱暴に毟《むし》る。

それも仕方なく、天馬自身ですら、自らの行動について上手《うま》く説明することができなかった。

ただひと言だけ言うとすれば、不快だった、に尽きる。

認めたくはないが、かりそめの協力関係である真琴に対し、うっかり仲間意識が生じてしまったのだろうと天馬は自らを考察していた。

「うっかりしすぎだろ……」

「なに？　悪口？」

「俺の話だ」

「……さっきからまじで意味がわかんないんだけど」

「わからなくていい。……ところで、ここに被害者たちの気配が残ってるって言ってたよな」

「いきなり話変えるじゃん……。まあ言ったけど、それがなに？　もしかして供養すんの？」

「ああ」

「へぇ……。天馬って、霊は祓うか放置かの二択しかないのかと思ってたわ。……そもそも大体の祓屋《はらいや》って、供養はお坊さんに任せるよね？」

「まあ、普通はそうなんだが」

真琴の言う通り、祓屋は神道と仏道の両方の影響を受けているため供養という概念があるものの、それは寺の役割として基本的には棲《す》み分けしている。

ただ、祓うか放置かの二択では気持ちの収まりがつかないパターンがあることを、天馬は最近になって知った。

キッカケは、真琴が現れたことに他ならない。

それ以降、霊という存在に対して深く向き合う機会が増え、どの霊も元は感情を持って生きていたという当たり前の事実を、より強く認識した。

結果、これまでのように、危険か否かのみの基準で判断することができなくなってしまった。

「が？　どんな心境の変化？」

「……うるさい。別に俺がやってもいいだろ」

「ま、いいけどさ。……ちなみに、気配ならあっちの方に漂ってるよ」

天馬はニヤニヤする真琴の視線から逃げるように立ち上がり、言われた方向に向かう。

すると、そこには確かに二つの気配が漂っており、今はどちらもまだ小さいが、いずれ悪霊と化しても不思議ではないくらいの無念を纏《まと》っていた。

それらは独活室《うどむろ》で視た数々の魂たちよりも感情が生々しく苛烈《かれつ》であり、天馬は小さな違和感を覚える。

「確かに松尾への恨みは感じるが……、さっきとは雰囲気がだいぶ違うな……」

浮かんだ疑問を口にすると、真琴が天馬の横に並び、小さく頷《うなず》いてみせた。

「だろうね。だって、天馬がさっき視たっていうたくさんの魂たちは、浮遊霊か地縛霊になった後で松尾に捕まった霊でしょ？」

「……じゃあ、こっちは」

「多分、生きたまま捕まっちゃった方だよ。私を攫《さら》ったような手段で」

「……それは、つまり行方不明の」

「気配は二つあるし、多分ね。この辺りを捜せば、遺体が見つかるかもしれない」

「…………」

「松尾を利用した犯人は、松尾が元来持ってた女性への強い執着心を煽《あお》って霊を集めようとしたんだろうけど、煽られた本人はそれだけじゃ制御がきかなかったんでしょ。結果、生きた人間にも手を出しはじめた。……って流れなんじゃないかと」

「……胸糞《むなくそ》悪い話だな」

「本当に。でも、生きた人間に手を出してなければ誰もこの件を知り得なかったわけだし、松尾を利用した人物の存在にもまだ気付けずにいただろうから、なんだか複雑だよね。……もちろん、良かったなんて思わないけど」

「……確かに」

天馬は複雑という真琴の表現に同意しつつ、二つの気配が漂う場所まで足を進め、懐から呪符《じゅふ》を取り出す。

祝詞を唱えると、それらはピタリと動きを止め、纏っていた無念も次第に薄くなっていった。

しかし慣れない供養には時間がかかり、最初こそ大人しくしていた真琴も、徐々に貧乏ゆすりをはじめる。――かと思えば、突如なにかを思い立ったように天馬の袖《そで》を引っ張り、袖口《そでぐち》に手を突っ込んだ。

「おい……！　お前なにやっ……」

驚いて咄嗟《とっさ》に振り払ったものの、真琴はすでに目的を果たしたようで、ニヤニヤと笑いながら天馬の目の前に例の塩の小瓶を掲げる。

「いや、魂を癒《いや》すなら、これを使えば早いかと思って！」

真琴はずいぶん自慢げだったが、天馬はすっかり空になった瓶を指差し、首を横に振った。

「残念ながら、中身は空だ」

「え？……あ！　本当に無いじゃん！　まさか使い切ったの？　この量を全部？」

「ああ」

「冗談でしょ、せっかく時間短縮できると思ったのに……！　でもまあ、空ってことはこれの使い方がわかったってことだよね。……あ、さっき言ってた独活室で使ったの？」

「独活室で使ったのは正解だが、使い方がわかったわけじゃない。最初はただの偶然だ」

「偶然……？　それって、たまたま中身が零《こぼ》れて浄化された、的な……？」

「まさに。……そもそも、あの状況で食卓用の塩が出てきて、使い方なんかわかるわけないだろ」

「いやいや！　ラベルにしっかり天然塩って書いてるじゃん！　普通に清めに使えるやつだし！」

「うるさい！　今はもうわかってる！」

強めに言い返したものの、塩のラベルを見てもなお、清めの効果があることになかなか気付けなかったのは紛れもない事実だった。

理由としては、これまで癒すという行為をほとんどしてこなかったことがもっとも大きい。

ただ、一瞬の判断で塩を渡してきた真琴に比べ、効果が出た後でようやく気付いた自分があまりに不甲斐《ふがい》なく、正直、かなり落胆していた。

「にしても、全部使わなくてもさ……」

天馬の心情を他所《よそ》に、真琴は塩の小瓶を振りながら不満げに呟《つぶや》く。

「……とにかく、なくても供養はできる。黙って待ってろ」

天馬はこの話題を早めに切り上げるべく、そう言ってふたたび供養に集中した。

やがて、二つの魂から重い感情がすっかり払拭《ふっしょく》された頃、天馬はようやく祝詞を止める。

そして。

「肉体の場所を、教えてくれないか？」

そう語りかけると、ほとんど透明になった二つの魂は、それぞれが別の場所の草陰へと吸い込まれるように消えて行った。

天馬は一度深呼吸をし、それらが向かった場所へ足を進める。

すると、程なくして、ほぼ土や草に埋もれてはいたものの、骨の一部と思《おぼ》しきものが両方で確認できた。

天馬はそれぞれの前に膝《ひざ》をついて順番に手を合わせる。

ようやくすべてを終えてその場を後にすると、しばらく黙って眺めていた真琴が小さく肩をすくめた。

「ねえ、二人の遺体を発見したんだし、鹿沼に追加報酬を請求できないかなぁ」

不謹慎な物言いだが、表情はやや沈んで見え、おそらくそれが真琴なりの気持ちを保つ手段なのだろうと天馬は思う。

真琴の奔放さや非常識な面には度々うんざりさせられているが、共に行動しているうちに理解できる部分も多少は増え、気付けば、天馬は以前程不快感を抱かなくなっていた。

「相手は警察だぞ。無理に決まってるだろ」

「まあ、そうだよね。金福なんて警察からの依頼って時点で顔も出さないもんね。私が酷《ひど》い目に遭ったっていうのに」

「邪魔されなくて好都合だが」

「うちの敏腕マネージャーを悪く言わないでよ」

「がめついだけだろ。もっと他にマトモな人材がいそうなものだが、……金福とは付き合いが長いのか」

「それは、まあ、……うん」

真琴にしては珍しく歯切れが悪い返事に、天馬はわずかな違和感を覚える。

とはいえ、今は真琴と金福の出会いを聞く気分にはなれず、結局それ以上追及しないまま、やがて二人は独活室があった場所へと差し掛かった。

そこには相変わらず多くの魂たちが行き交っており、天馬はさっきと同じように呪符を取り出し、祝詞《のりと》を唱える。

すでに真琴の塩で清められていたこともあってか、今度はさほど時間を要することなく、魂たちは次々と姿を消していった。

「完全に成仏できるまでに、また変なのに捕まらないといいね」

すっかり静まり返った後、真琴はそう言いながら険しい表情を浮かべる。

本来なら、供養すればあとは自然に成仏するのを待つのみとなるが、松尾を利用していた人物が存在する可能性が浮上した今、それは深刻な懸念だった。

「防ぐには、定期的に様子を見に来るしかないな」

「うわめんどくさ。それより、犯人を捜した方がいいんじゃないの？」

「それは、そうだが」

「そうだが？」

「いや、捜しようがないだろ。唯一の証拠となる呪符は湿気で文字の判別が不能だし、他に手がかりはないんだから」

それは、紛れのない事実だった。

ただ、天馬の心の奥底には、犯人が判明してしまうことに、言い知れない恐怖を感じている自分がいた。

理由は言うまでもなく、人の命や死者の魂を犠牲にしてまで巡らせた謀略が、自分と同業者の仕業であるとほぼ確定しているからだ。

思えば、天馬は幼い頃から祓師《はらいし》の役割は人を守ることだと言われ続け、そこに密《ひそ》かなる疑問を抱きながらもこれまで仕事を全うしてきたけれど、いざ真逆のことをする同業者が存在すると思うと、ただただ怖ろしく、そして脅威だった。

一方、真琴は「定期的に様子を見に来る」という天馬の考える対策がよほど性に合わないのか、ブツブツと文句を続ける。

「悠長すぎない？　そんなこと言ってる間にも、どこかでやばい悪霊が続々と育ってるかもしれないのに。次こそ天霧屋は全滅するかもよ？」

「わかってる……。とりあえず、例の呪符を回収して一応調べてみるから、今はそれ以上言うな」

腹立たしくも正論だけに強く言い返せず、天馬は真琴の追及から逃れるように独活室《うどむろ》の方へ向かった。——しかし。

「なんで……」

独活室の前に立った天馬は、放置されたままの鉄の蓋《ふた》を見て呆然《ぼうぜん》とした。

なぜなら、さっきは確実にそこに貼られていたはずの呪符《じゅふ》が、綺麗《きれい》になくなっていたからだ。

天馬の様子を不思議に思ったのか、真琴が近寄ってきて蓋をまじまじと観察する。

「まさか、呪符がないの？」

「……ああ」

「確かにここに貼ってあった？」

「……絶対だ。見間違いじゃない」

「誰もそんなこと思ってないよ。でも、ないってことは、回収されちゃったんだろうね」

「回収……」

「ま、当然っちゃ当然か。同業者なら結界が破られたことくらい気付くだろうし、そもそもこの……悪霊育成装置？　が見つかったことも誤算だろうから、急いで証拠を隠滅しに来たんでしょ」

「……早く回収しておけば」

あのときはそんなことをする余裕などなかったとはいえ、悔やむに悔やみきれず、天馬は頭を抱える。

真琴はやれやれといった様子で天馬の肩をぽんと叩《たた》いた。

「まあまあ、天馬もギリギリの状態だったんだろうし、謀略なんて無縁のお坊ちゃん育ちなんだから仕方ないよ」

慰めると見せかけ貶《けな》されているとわかっていたが、天馬はなにも言い返せず、呆然と呪符が消えた鉄の蓋を眺める。

すると、真琴は天馬の顔を覗《のぞ》き込みながら、こてんと首をかしげた。

「で？　どう？」

「は……？」

「回収しに来た奴の気配だよ。残ってないの？　ぼーっとしてるから探ってんのかと思ってたけど？」

「そう、だよな……！」

真琴の言葉で天馬は途端に我に返り、即座に集中して周囲の気配を探る。

しかし、そこに不穏な気配はまったく残っておらず、天馬はがっくりと肩を落とした。

「駄目だ、なにも感じない……」

「うん。だよね」

「……わかってたのかよ」

「当たり前じゃん。私は天馬みたいにトロくないから、気配くらいとっくに探ってるもの」

「トロいは否定はしないが、だったら言ってくれ、二度手間だろ……」

「いや、あえてだよ。天馬はこういうときにどうするかっていう思考回路を、少しくらい鍛えておいた方がいいんじゃないかと思ったからさ。あんまり平和ボケしちゃってると、せっかくの高い資質がもったいないしね」

「…………」

「考えたこともないみたいだから一応教えておくけど、敵は悪霊ばっかりじゃないんだよ。それは祓師に限ったことじゃなく、天馬が憧《あこが》れてる一般社会だって同じ」

トドメのように正論をぶつけられ、天馬の心にはかつてない程の虚無感が広がっていた。

その半面、同業者の謀略の可能性が浮上するという深刻な事態を、動揺ひとつせず受け入れている真琴に心底感心していた。

「……お前、そんなに過酷な環境にいたのか」

思ったままに尋ねると、真琴はニヤリと笑う。

「天馬の基準なら、そうかもね」

最大限の嫌味だとわかっていたけれど、様々な祓屋《はらいや》を渡り歩いたという真琴のこれまでの人生を想像すると、納得感しかなかった。

「……確かに、俺は真琴が言う通り、かなり平和ボケしてるんだろうな」

「お、やっと自覚した？」

「だが、散々言われたお陰で、いい加減頭を切り替えなければならない気がしてきた」

「だいぶ遅いけどね」

「事実、お前のような侵略者が平気で存在する世界だからな。……ようやく目が覚めた気がする」

「いい傾向だねぇ。……ってわけで、そろそろ帰ろうよ。一晩山の中にいて体はベタベタだし、お腹すいたし」

「………」

あくまで平常通りな真琴に気抜けしつつも、天馬もすでに疲れきっており、とくに異論はなかった。

天馬は頷《うなず》き、独活室に背を向ける。——そのとき、どこからともなく、知った気配を感じた気がした。

しかし、咄嗟《とっさ》に振り返ったものの誰もおらず、天馬は眉《まゆ》を顰《ひそ》める。

少し前を歩いていた真琴が、怠《だる》そうに振り返って首をかしげた。

「なに、どした？」

「……いや、ごくわずかだが、気配が……」

「気配？　誰の？」

「……わからん。お前は？」

「私はまったく」

「……そうか。なら、気のせいだな」

心の中にはモヤモヤしたものが残っていたが、真琴が気付かなかったならば勘違いだろうと、天馬は自分を納得させて改めて帰路を辿《たど》る。

すると、真琴が突如、なにかを思い出したように天馬を見上げた。

「てかさぁ、今回のことどうすんの？　なんて報告すんの？」

「別にどうもこうもないだろ。鹿沼さんには、松尾の件とさっきの場所を伝えるだけだ」

「鹿沼じゃなくて、おじいちゃんとか天霧屋の門下にだよ。同業者がなにか企《たくら》んでるなんて言ったら、大変な騒ぎになりそうだなって」

「いや、……それに関しては、報告しない」

「絶対びっくりす……え？」

よほど予想外だったのか、真琴は大きく目を見開く。

ただ、天馬はさっき真琴に散々揶揄《やゆ》されたときから、今回のことは伏せておこうと密かに考えていた。

「え、なんで……？」

「平和ボケしてるってお前が言ったんだろ」

「言ったけど、それと報告しない件って関係ある？」

「ある。なにせ、鎌倉に祓屋は天霧屋しかない。犯人が同業者だったとして、……うちの人間が関わっていないとは言いきれないだろう。呪符の屋号印は天霧屋とは別のものだったが、……それだけで安心していたら、それこそ平和ボケだ」

天馬の思惑は、まさに口にした通り。

天馬は真琴の言葉をキッカケに、もっとも最悪なパターンも想定すべきだと覚悟を決めていた。

かたや真琴は、珍しく瞳《ひとみ》に戸惑いを映す。

「……嘘でしょ。あの天馬が身内を疑うなんて」

「疑ってるわけじゃない。真実を知るために、偏った考えを捨ててるってだけだ」

「それって、言い方を遠回しにしただけじゃ……。ってか、疑心暗鬼になると、家族ごっこは終わるよ？」

「終わらない。お前がどう思おうと、家族は家族だ」

「でも、その家族の中に、皆を貶《おとし》めようとしてる人間がいるかもしれないって思ってるんでしょ？」

「だとしても家族だ。これまでの時間はなかったことにならない」

「いや、どういうこと？　全然わかんないんだけど」

「家族ごっこなんて馬鹿にしてる奴にはわからないんだよ」

本当は天馬自身、これは道理の通らない開き直った論説だとわかっていた。

それでも、たとえ強引であっても、疑心とセットでプラスの思考も持っていなければ、心を保っていられない気がした。

真琴は会話が面倒臭くなったのか、束の間の沈黙の後、「ふうん」と流す。

いつも通りの軽さだが、様々な感情で混沌《こんとん》としている今の天馬には、それくらいの対応が丁度よかった。

「……とにかく、帰ろう」

「だね。帰ったらソッコーで風呂《ふろ》」

「……だな」

「宿舎の風呂って広い？」

「狭いし古い」

「最悪」

さっきと一転してくだらない会話が、熱を上げた天馬の頭を少しずつ冷ましていく。

ただ、間もなくなにかが起こりそうな言い知れない予感だけは、どうしても拭《ぬぐ》うことができなかった。

＊

後日。

鹿沼から届いたのは、天馬が連絡した雑木林から二人の白骨遺体が見つかったという報告。

相当バタバタしているのか詳細までは語らなかったが、その件は間もなくテレビで報道された。

ニュースキャスターが神妙に読み上げていたのは、所持品から身元が判明し、二人とも行方不明者届が出されていた鎌倉在住の女性であったという想定通りの事実。

事件性については現時点で不明とされていたが、女性の遺体がここ数ヶ月で立て続けに四人も見つかったとあり、世話役の田所いわく、ＳＮＳでは早くも様々な憶測が繰り広げられているとのことだった。

もちろん天馬たちからすれば、卑劣極まる大事件だ。

しかし、霊による犯行は当然ながら世間には伏せられるため、近々事件性なしとしてサラリと発表されるのだろうと、ニュースを聞きながら天馬は思っていた。

ちなみに、天霧屋と警察組織の協力関係を公にしていない公安の調整により、「遺体を発見したのは現場に迷い込んだ男性であり、通報によって判明」とされたため、天馬や真琴が事情を聞かれるようなことはもちろんない。

そうして、世間の騒ぎとは無関係に、依頼としては一件落着となった。

そんな、ある日。

天馬は一人、宿舎内にある慶士の個室で佇《たたず》んでいた。

わかってはいたけれど、部屋の様子は数日前に確認したときからまったく変化はなく、すでに、人が生活していた気配すら消えかけている。

「あいつ、本気で戻ってこない気なのか……」

天馬はひとり言を呟《つぶや》きながら、窓枠にうっすらと積もった埃《ほこり》を袖《そで》で払った。

思えば、最後に会ったときは、すっかり変わってしまった慶士に強い苛立《いらだ》ちを覚え、もう前のような関係には戻れないだろうと決別すら頭を過《よぎ》った。

けれど、二十年以上も共に生活する中で生まれた情と絆《きずな》は、そう簡単に消せるようなものではなかった。

天馬は慶士の部屋でしばらく物思いに耽《ふけ》った後、とくに当てもないままふらりと宿舎を出る。

すると、少し前に作った菜園からなにやら笑い声が聞こえ、行ってみると、蓮と世話役の市木が楽しそうに土いじりをしていた。

蓮は天馬を見つけるやいなや勢いよく駆け寄ってきて、菜園を指差す。

「天馬、今度トマトを植えるんだって！　天馬も一緒にやる？」

「ああ、そうだな」

「ゴーヤも簡単だって市木さんが言うんだけど、苦いからちょっと苦手なんだよね。天馬は？　好き？」

「まあ……、普通だな」

「普通かぁ。……ねえ、天馬」

「ん」

「最近ずっと元気ないよね。……やっぱり、慶士に会えなくて寂しい？」

「…………」

普段通りに会話をしていたつもりがあっさり見抜かれてしまい、つい、大きく目が泳いだ。

もはや誤魔化しようがなく、天馬は迷った挙句、仕方なく頷《うなず》く。

「寂しいというか、……心配なんだ。もうずいぶん帰って来てないだろう」

「そっか。……でも、僕は寂しい」

「そう、だよな……」

「あのさ、天馬」

「どうした？」

「慶士って、天霧屋のことが嫌になっちゃったのかな」

「…………」

思わず言葉に詰まった天馬を見て、蓮が悲しげに瞳を揺らす。

天馬はその表情を見ながら、こんなにも幼い子を安心させてやれない自分の不甲斐《ふがい》なさに、ほとほと嫌気が差した。

かたや、蓮はすぐに表情を戻し、わざとらしく手を鳴らす。

「あ！　そうだ僕、水汲《く》んでこなきゃいけないんだった」

「そ、そうか」

「いってきまーす！」

結局蓮に気を遣わせてしまい、天馬はうんざりしながら天を仰いだ。

すると、市木がそっと横へ来て、様子を窺《うかが》うように天馬を見上げる。

「……なんだか、わかりやすく打ちのめされてますね」

「…………」

市木は世話役の中で唯一の女性である上、蓮の専属というイレギュラーな仕事をしているため、やたらと腰が低い他の面々にあまり染まっていない。

口調もだいぶくだけているが、天馬にとってはそれくらいが気楽だった。

「いや、……俺のせいで蓮を大人にさせてしまっているなと」

「大人に、と言いますと」

「もう聞いているとは思うが、蓮はここへ来るまで複雑な家庭環境で育ったせいで、大人の感情に異常に聡《さと》い。だから、ここでは子供らしくいさせてやろうと思ってるのに、……あんな顔を」

「ああ、さっきの。……でも、そこまで言う程でした？」

「言う程だろう。頼れる大人でいてやりたいんだが、……未熟すぎて嫌になる」

「いや重……。考えすぎですよ……」

「…………」

あんたは軽すぎないか、と。

文句を言いかけて留《とど》まったものの、よほど顔に出ていたのか、市木が小さく笑った。

「天馬様って、結構わかりやすいんですね」

「……放っといてくれ。最近やたらとそれを言われて、正直うんざりしてる」

「いや、別に悪い意味で言ったわけじゃないですから！……ちなみに蓮さんって、天馬様以外に〝寂しい〟なんて言ったことがないんですよ。だから、少し驚きました。多分、天馬様はそうやって本音が顔に全部出るから、安心できるんだと思います。嘘がつけないっていうか。……ってことを、私もたった今確信しました」

「……揶揄《からか》ってるだろ」

「いいえ。優しいお兄さんなんだなって思っただけです。私も前に、危うく職を失いかけたときに助けていただきましたしね」

「……それはどうも」

なんだか居たたまれず、天馬はそう言い残し、背中に市木の笑い声を聞きながら菜園を後にする。

ただ、本音を言えば、少しだけ気が楽になっている自分がいた。

天馬はわずかに軽くなった足取りで、道場や本堂を通り過ぎ、山門へ向かう。

山門の前は慶士と最後に会った場所だからか、ここ数日というもの、暇さえあれば確認しに立ち寄ることがすっかり習慣化していた。

しかし、その日も慶士の姿はなく、天馬は仕方なく踵《きびす》を返し、来た道を戻る。

すると、そのとき。

「天馬」

突如名を呼ばれて視線を向けると、正面から向かってくる正玄の姿があった。

「当主……、どうされました？」

敷地内とはいえ、正玄が一人で出歩くことはあまりなく、天馬はなんだか嫌な予感を覚える。

すると、正玄は天馬の正面まで来て足を止め、ゆっくりと口を開いた。

「お前には先に報告しておくが、……慶士を、破門にする」

「え……？」

言葉の意味を理解するまで、しばらく時間が必要だった。

呆然《ぼうぜん》とする天馬を他所《よそ》に、正玄はさらに言葉を続ける。

「ここ最近の慶士の身勝手さは目に余る。……さすがにもう限界だ」

「そ、そんな、お待ちください……、せめて、本人と話してから……!」

「前にも言っただろう、儂《わし》はそもそも気が長い方ではないし、今回に関しては十分過ぎる程待ったつもりだ。そもそも話し合いをしようにも、奴は依然として私の召集をすべて無視し続けている。あれ以降も、もう何度も」

「で、ですが……」

「これ以上は門下に示しがつかない」

正直、正玄が間もなくこういう決断を下す可能性を、想定していなかったわけではなかった。

ただ、二十年以上もここで暮らした慶士は正玄にとっても特別な存在のはずだと、だからあり得ないと、心のどこかで勝手に思い込んでいたこともまた事実だった。

だからこそ、正玄が淡々と口にした決断がとても受け入れられず、天馬はさらに食い下がる。

「どうか、考え直していただけませんか……!」

「お前がなんと言おうと、これはすでに決まったことだ」

「もう一度だけ、チャンスを……! 俺がなんとしても慶士を見つけ出して、ここに引っ張って来ますから……!」

「悪いが、もう会う気はない」

「お願いです！　せめてあと一日だけでも猶予を……！」

「……」

頑《かたく》なだった正玄の表情がわずかに緩んだのは、天馬が「あと一日」という期限を提示した瞬間のこと。

もちろん、天馬としてもかなり無理のある期限だとわかってはいたが、それくらい厳しい設定でなければ正玄を頷かせることはできないだろうと考えた上での、ギリギリの判断だった。

正玄もまた、それで天馬が引き下がるならと思ったのか、長い沈黙の後、小さく頷く。

「ならば明日一日、日が暮れるまでは待ってやる。それ以降はもう話は聞かん」

その言葉を聞いて天馬はひとまずほっとし、深々と頭を下げた。

「承知しました、ありがとうございます！　では、すぐに捜してきます！」

天馬はそう言い残して正玄のもとを去り、急いで宿舎へと向かう。

前にしたように屋根の上で集中を深め、今度は慶士の気配を捜そうと考えたからだ。

別に場所はどこであっても問題ないのだが、誰にも邪魔されずより静かな場所を求めるとなると、天馬にとっては宿舎の屋根の上が最適だった。

ひとつ問題なのは、生きた人間の気配は霊とは比較にならないくらいに捜し辛《づら》いということ。

その一方で、幼い頃から共に長い時間を過ごしてきた自分ならば、慶士の気配を必ず見つけられるはずだという根拠のない自信があった。

天馬は屋根に上がると、早速集中に入る。

松尾の件で鍛えられたお陰か、今やすっかりコツを摑《つか》んでいて、精神を研ぎ澄ませるまでさほど時間はかからなかった。

ただし、人々の活動が活発な昼間は雑音が多く、少しでも気を抜いた途端に、遠くを走る車や人々の喧騒《けんそう》が耳元で大きく響き、あっという間に精神が消耗していく。

それでも、天馬はあくまで丁寧に、少しずつ範囲を広げながら、もはや懐かしささえある慶士の気配をひたすら捜し続けた。

そんな途方もない作業にようやく変化が起こったのは、集中に入って一時間近くが経過した頃。

もう何度も確認したはずの天成寺の山門あたりに、突として、慶士に近い気配が出現した。

しかし、気付くやいなや天馬の心に浮かんできたのは、安心ではなく、強い違和感。

まるで瞬間移動でもしてきたかのような現れ方はもちろんのこと、〝慶士に近い気配〟と表現した通り、天馬が想像していたものとは微妙に違っているような気がしたからだ。

とはいえ、いくら怪しくとも確認しないわけにはいかず、天馬は宿舎の屋根を下りて山門へと急ぐ。

足を進めるごとに、やはりこの気配は慶士だと確信が強まったものの、それと同時に表現し難い不穏な予感が膨らんでいた。

そして、ようやく山門に到着した天馬は、目の前に広がった光景に思わず息を呑《の》む。

確かに、そこには慶士がいた。――の、だが。

その恰好《かっこう》はいつもの着物ではなく全身黒ずくめで、深く被《かぶ》ったフードの下から覗《のぞ》く鋭い目が、天馬をまっすぐに捉《とら》えていた。

「慶士……」

早く戻れと、このままでは破門になるぞ、と。

会ったら伝えようと思っていた言葉が、その姿を見ているうちに、虚《むな》しく消失していく。

なぜなら、慶士の佇まいには、ここにはもう戻る気がないのだという意思がはっきりと滲《にじ》み出ていた。

慶士はすっかり言葉を失ってしまった天馬にゆっくりと近寄り、かすかな笑みを浮かべる。

「どうやら、説明は必要ないみたいだな」

わずかな迷いひとつ感じ取れないその口調に、天馬の胸が鈍く疼《うず》いた。

「……これから、どこへ行く気だ」

「まあ、適当に」

「なにを考えてる」

「特には。あえて言うなら、天霧屋と決別できてスッキリしてる」

「……どうして」

「わかるだろ、嫌気が差したんだ。なにせ、天霧屋にいても俺にはなんの得もない。当主の私腹を肥やすために悪霊祓いに駆り出され、いずれ死ぬだけだ」

「そう思うなら、本気で当主の座を狙えばいいだろ……」

「はは！」

「……なにがおかしい」

「いや、あのときの俺は本当に間抜けだったと思ってな。天霧屋には正統な血筋を引くお前がいる上、当主ご寵愛《ちょうあい》の女がその座を狙ってるっていうのに、俺の入る隙なんかあるはずもない」

「そんな……」

「なにが、『そんな』だ。お前もそう思っていただろうに。……それでも当主の座を狙うと言い出した理由は、二十年以上もの間、天霧屋という小さな社会が、世界のすべてであるかのように錯覚していたからだ。それを壊されてしまったら、なにもかもが終わると思っていた」

「慶士……」

「物心ついた頃からずっとここにいたんだから当然といえば当然だが、……今となれば、本当に気持ちが悪い」

慶士はひたすら淡々と語りながら、気持ちが悪いと吐き捨てるように言った瞬間だけ、心底不快そうに表情を歪《ゆが》めた。

天馬はその様子を呆然と眺めながら、天霧屋にどっぷり浸《つ》かっている自分がなにを言ったところで、もう慶士の心に響くことはないだろうと察する。

けれど、たとえそうであったとしても、ここで簡単に諦《あきら》めてしまうわけにはいかなかった。

「……お前は、本当に、こんな決別でいいのか。もっと要領良くやる方法だってあるだろ……。天霧屋が嫌なら鹿沼さんのように距離を取る方法だって……」

「阿呆《あほう》か、よく考えてみろ。あの男は今や、国と天霧屋の両方から都合よく使われてるんだぞ。天霧屋の支配下から抜けたところで、そんなのは御免だ」

「じゃあ、どうするんだよ……、つい最近まで天霧屋が世界のすべてだったお前が、これからどうやって生きていくんだ……？」

言いながら、心の奥の方では、まるで自問自答のようだと密《ひそ》かに考えている自分がいた。

慶士はそんな天馬の心の内を見透かしているかのように、愉快そうに笑う。――そして。

「俺も、自由に生きてみようと思ってな。……あの女のように、金を稼ぎながら放浪するのも悪くない」

瞳《ひとみ》にかすかな光を宿らせ、そう口にした。

その表情を見た途端、天馬の心にふつふつと苛立《いらだ》ちが込み上げてくる。

「……人が真剣に心配しているのに、ずいぶん夢見勝ちなことを言うんだな」

急に声色を変えた天馬を見て、慶士はさらに笑みを深めた。

「羨《うらや》ましいなら、お前もやれよ」

「羨ましいわけがあるか。……金を稼ぎながら放浪だと？　阿呆はお前だろう。自分で依頼を取ってきたこともないくせに」

「天霧屋のやり方しか知らないお前は、そう思うだろうな」

「じゃあ聞くが、……お前、自分に真琴の真似事ができると思ってるのか？」

問いをぶつけながら、これ以上は言うべきではないと、本当に関係が終わってしまうと、慶士の友人としての自分が必死に止めようとしていた。

しかし、もはや手遅れであり、慶士は笑みをスッと収めて天馬を睨《にら》む。

「どういう意味だ」

「どうもなにも、そのまんまだろう。お前には、真琴のように悪霊を祓うことはできない」

「つまり？」

「実力不足だって言ってるんだ。源氏山公園での有様が、すべてを証明してる。だから、たとえ天霧屋を出ようが、祓屋《はらいや》でいる以上はいずれ死――」

言い終えないうちに、顔面に強い衝撃が走った。

口の中に血の味が広がり、殴られたのだと天馬は察する。

ただ、その怒りは慶士が初めて見せた隙でもあり、天馬は口元を拭《ぬぐ》いながらふたたび慶士に迫った。

「ここを出る云々《うんぬん》は、確かにお前の自由だ。……だが、わざわざ当主に不義理を働いて、帰る場所を失《な》くす必要はないだろ。……頼むから、冷静になって考え直してくれ。俺は、……お前とこんな形で別れたくない」

それは、天馬の心からの叫びだった。

熱の籠《こも》った声が、緊張で張り詰めた空気を震わせる。――けれど。

「悪いが、俺はもうくだらない〝家族ごっこ〟は遠慮する」

戻されたのは、冷め切ったひと言だった。

ただ、そのとき天馬の心にわずかに引っかかっていたのは、〝家族ごっこ〟という、聞き覚えのある言い回し。

おそらく、真琴が天霧屋を揶揄《やゆ》するときに何度か使っていた言葉だが、真琴を目の敵にする慶士が影響を受けるとは考え難く、だからこそ違和感があった。

しかしゆっくり考えている余裕などなく、慶士は天馬との距離をさらに詰める。

そして。

「確かに俺の実力は、あの女はおろか、お前にも劣っているんだろう。俺の決断は、お前らからすれば愚かでしかないのかもしれない」

そう口にした途端、――突如、夕方の日差しで長く伸びた慶士の影が、不自然にゆらりと動いた。

「おい……、今……」

動揺する天馬を他所《よそ》に慶士はまったく反応せず、さらに言葉を続ける。

「そもそも、俺にたいした資質がないことは、ずっと昔からわかっていたからな。もっとも俺は、そんなものは日々の努力で埋められるはずだと、馬鹿みたいなことをずっと信じて疑いもしなかったが」

「慶士、ちょっと待て……、影が……」

「……が、今は違う。才能の差を埋めるのは努力じゃない。広い世界には、もっと効率の良い方法がいくらでもある。……俺は、それを早く知るべきだった」

慶士がそこまで言い終えた、瞬間。

ふたたび慶士の影がゆらりと揺れたかと思うと、そこから人の形をした黒い物体がゆっくりと現れ、慶士の背後にぴたりと寄り添った。

「なん、なんだ……、それは……」

天馬には目の前で起きたことがまったく理解できず、咄嗟《とっさ》に後退《あとずさ》って見たことのない物体に警戒する。

慶士はそれを平然と背負ったまま、ニヤリと笑った。

「なにって、今言ったばかりだろう、これが〝効率の良い方法〟だ」

「いや、待ってくれ……、お前、それ……」

悪霊じゃないか、と。

即座に思い浮かんだ言葉があまりにも怖ろしく、最後まで口にすることができなかった。

慶士は唖然《あぜん》とする天馬を見て、さらに笑みを深める。

「一人で敵《かな》わないなら、強い者を従えれば済む話だ。そして俺は、その方法を会得した」

「従える……？　お前、なに言って……」

「天霧屋の末裔《まつえい》のくせに勘が悪いな。こいつは、俺と契約をした〝式神〟だ」

「……………」

衝撃を受けたことは事実だが、本音を言えば、薄々、そんな予感はしていた。

祓屋の間でも都市伝説のような認識をされていた式神、――いわゆる、霊を従える術が現代でも可能であると、すでに真琴から聞いているからだ。

ただし、天馬が持つ知識が正しければ、霊と式神契約をする主《あるじ》には、従える霊に見合う能力の高さが必要となる。

つまり主の能力が高ければ高い程に強い式神を従えることが可能となるが、万が一、力のバランスが誤っていた場合は、逆に式神に心身を侵食されてしまう危険性もあるとのこと。

そして、慶士に寄り添っている霊は明らかに従えられるレベルではなく、天馬の見立てからすれば、完全なる悪霊だった。

「本当にそいつが式神なら、お前、いずれ喰《く》われるぞ……」

慌てて忠告したものの、慶士は動揺するどころか、余裕の笑みを浮かべる。

「悔しいなら、お前も従えたらどうだ」

「そんな話をしてるんじゃない……！　そもそも、そんなのとどうやって契約したんだよ……」

「それは、企業秘密だ。なにせ、俺はもうお前の家族じゃなく、競合だからな」

「慶士……」

その勝ち誇ったような表情を見れば、説得が無駄であることはもはや明白だった。

それと同時に、慶士は源氏山公園の一件だけでなく、天成寺で過ごしてきたこれまでの日々の中でプライドをずっと削られ続けていたのだと、慶士の抱える傷を初めて垣間《かいま》見たような気がした。

結局、前のような生活に戻りたいなんて一人よがりの夢だったのだと、天馬の胸が重く疼《うず》く。——けれど。

「慶士、俺は、……お前の敵なのか」

抗《あらが》いたい気持ちを抑えられず、気付けば、弱々しい問いを零《こぼ》していた。

おそらく、鼻で笑われ「当たり前だ」と言い捨てられるに違いないと、心の中に救いのない想像が広がっていく。

それでも、これまで慶士の苦しみに気付けなかったぶん、どんな言葉でも受け止めるべきだと、天馬は黙って答えを待った。

しかし、ずいぶん長い沈黙の後、慶士は瞳にかすかな迷いを映し、それを隠すかのように即座に顔を背ける。

「慶士……？」

思っていた反応と違い、かといってそこに希望を持てる程楽観的にもなれず、天馬はただ戸惑っていた。

結局、慶士はそれから一度も目を合わせることなく、フードを深く被《かぶ》りなおして天馬に背を向ける。

そして。

「……俺はもう行く」

短いひと言を残し、慶士は背負っていた黒い影もろとも、まるで地面に溶け落ちていくかのように姿を消してしまった。

「待っ……」

理解が追いつかず、天馬はたった今まで慶士が立っていた場所に駆け寄り、辺りを確認する。

そこには、酷《ひど》く禍々《まがまが》しい悪霊の気配と共に、慶士の気配がほんのかすかに余韻を残していた。

「慶士……」

呟《つぶや》くと同時に、初夏の温《ぬく》い風が辺りに残っていた気配を根こそぎ攫《さら》っていく。

山門前はあっという間に普段通りに戻ったけれど、天馬の心はみるみる混沌《こんとん》としていくばかりだった。

慶士はどうやってあんな悪霊を式神にしたのか、命は大丈夫なのか、どこへ行ってしまったのか。——そして、もう、会うことは敵わないのか。

この期に及んで未練にまみれた思いが巡り、天馬は慌てて首を横に振る。

そのとき、背後から突如、よく知る気配を覚えた。

振り返ると、そこには思った通り真琴がおり、天馬を見て苦笑いを浮かべる。

おそらく一部始終を見られていたのだろうと、わざわざ聞くまでもなく、その表情が物語っていた。

今は文句を言う気にもなれず、天馬は黙って視線を逸《そ》らす。——すると。

「ねえ、さっき慶士が連れてた悪霊さあ、……なんか、微妙に天馬みたいな気配がしなかった？」

いきなり奇想天外なことを言い出し、天馬はどっと疲れを感じた。

「は……？　なに言ってるんだ、お前」

「いや、嘘じゃないんだって。……あそっか、気配って匂いと一緒で本人にはわかんないのか」

「悪いが、今はそんな冗談を聞く気分じゃない」

「だから本当なんだってば……」

「じゃあ、どうやったらあんな悪霊に俺の気配が移るんだよ……。喰われたわけでもあるまいし」

「喰われ……」

納得するかと思いきや、突如意味深に瞳《ひとみ》を揺らした真琴に、天馬は小さな違和感を覚える。

しかし真琴がどこに引っかかったのかまったくわからず、なにより今は余計なことを考えたくなく、天馬は重い溜《た》め息をついた。

「……とりあえず、戻るぞ」

「あー、うん。ってか、おじいちゃんになんて報告すんの？」

「……会話も聞いてたのかよ」

「なにせ地獄耳だから。で、どうする気？」

「報告は、……まだしない。というか、どう説明するかまとめきれない」

天馬はぶっきらぼうに答えながら、さっき起きたことを改めて思い返す。

もし、ありのままを報告した場合、「慶士にはもう天霧屋に戻る意思がない上、悪霊を式神として契約しているようだ」という内容になってしまうが、正玄の反応を想像すると、言えるはずがなかった。

なにより、言った瞬間に、期限を前にして慶士の破門は確定となる。

慶士と交わした会話からして、もうどうにもならないとわかってはいたが、天馬としては、時間が許す限り先延ばしにしたい気持ちだった。

そんな複雑な心情を煽《あお》るかのように、真琴はうんざりした表情を浮かべる。

「ねえ、うじうじ悩んでないでもう覚悟を決めなよ。どう考えても詰んでるんだからさ」

「……」

「……うるさい」

「ってかさ、そんな瑣末《さまつ》な話はさっさと済まして、慶士が襲撃してきたときの心配をした方がいいと思うよ、私は」

「は……？　襲撃……？」

それは、考えもしなかった、あまりに不穏な忠告だった。

天馬が怪訝《けげん》な表情を浮かべる中、真琴は平然と続ける。

「だって見たでしょ、慶士が連れてた悪霊。あんなの、一介の祓師《はらいし》に扱えるような代物じゃないし、本人は式神だなんて言ってたけど、多分、唆《そそのか》されただけだよ」

「つまり、……式神契約として、成立していないという意味か」

「そういうこと。慶士なんてソッコー侵食されて、あっという間に悪霊の一部になっちゃうだろうね。で、悪霊っていうのは人のネガティブな気持ちが大好物だから、慶士が抱えてる鬱屈《うっくつ》した気持ちやら溜まりに溜まったストレスやらに同調して、近々天霧屋を標的にする可能性が高いんじゃないかって」

「…………」

「だから、襲撃に備えた方がいいんじゃないかと」

軽い口調で淡々と語られる内容があまりにも怖ろしく、そして到底受け入れ難く、天馬の指先が小さく震えた。

「……慶士は、もう救えないのか」

震える声でそう言うと、真琴はうんざりした表情を浮かべる。

「いや、慶士を救うとか救わないとか、もはやそういう段階じゃないんだってば。そんなところで思考がストップしてたら、天馬の大切な家族がやられちゃうよ？」

「…………」

「おーい、聞いてる？　今の皮肉だったんだけど」

「…………」

真琴は天馬の目の前で手をひらひらと振るが、天馬には、一気に聞かされた衝撃的な話が頭の中で上手《うま》く処理できず、反応することができなかった。

真琴はそんな姿を見かねてか、面倒くさそうに天馬の腕を引く。

「ほら、フラフラしてないでちゃんと歩いてよ。天馬がキャパオーバーしてどうすんのよ」

「……すまない。……だが」

「だが？」

「…………」

「まだ慶士？　だから、その話はもう終わってるんだって」

「終わってるなんて言うな……！　今の俺に、それ以外のことを考える余裕なんか……」

「――考えるしかないんだよ、絶望的な話に抗いたいならなおさら」

真琴にしては珍しく熱のこもった口調で遮られ、天馬は一瞬幻聴を疑った。

普段の真琴なら、面倒になった途端に「じゃあ好きにすれば」と言い捨てて立ち去るのがお決まりのパターンであり、今回もそうなるだろうと思い込んでいたからだ。

しかし、真琴はいつになく真剣な目で、天馬をまっすぐに捉《とら》える。

「あのさ、私はね、あんまり緩い希望は持ちたくないタイプなの。天馬みたいに、仲間に情を入れすぎる奴も正直怠《だる》くて嫌い。でも、そこまで腑《ふ》抜けになられるのもウザいから仕方なく言ってあげるけど、慶士に関しては、千パーセント間に合わない。……ってことは、ない」

「ない……？　救える可能性もあるってことか……？」

「と、思わなくもない、って話。……多分。いや万が一、……とにかく、スーパー運が良ければ。ただし、あんたがぼーっとしてたら可能性はゼロだよ」

言い方はずいぶん曖昧《あいまい》だが、すっかり絶望していた天馬にとっては十分な救いだった。

その一方で、真琴の言葉に勇気付けられるなんて思いもせず、内心、驚いていた。

「……そう、だよな」

「わかったら、考える」

「……というか、なんでお前が必死になるんだ」

「え？……いや、それは決まってるじゃん。私が次期当主に指名される前に天霧屋を潰《つぶ》されたら、なんにも手に入らないからだよ」

「それは、……そうだが」

確かにその通りだと納得したものの、真琴がわずかに目を泳がせた瞬間を、天馬は見逃さなかった。

もちろん、それだけで都合のいい解釈ができる程単純にはなれないけれど、少なくとも天霧屋を守るという目的が同じであるという事実は心強く、天馬は折れかけていた気持ちを奮い立たせる。

しかし。

「で、……早速だがどうすればいい。早速慶士と式神の気配を捜すか、天霧屋に可能な限り強い結界を張り巡らせるか……」

ようやく気力を持ち直した天馬とは逆に、真琴はすっかり普段通りの調子で曖昧に首をかしげた。

「いやぁ……、さっきの悪霊、気配を潜めるのが相当上手いから追うのは無理だろうね。しかも、慶士の気配ごと隠してたでしょ？」

「そういえば、慶士の気配の現れ方があまりに唐突だったが……、あれはそういうことか」

「あと、結界は強ければ強い程効果が短いし、それを絶え間なく張り続けるのは体力的に無理だから、結界の案も現実的じゃないよね」

「だったら、他にできることは？」

「うーん。物理的には、……ない」

「ない、だと……？」

まさかの答えに、天馬は唖然《あぜん》とする。

かたや真琴は平然と頷《うなず》いてみせた。

「ないよ。そもそも慶士が天霧屋を襲撃するかもって話も、考え得る可能性の中のひとつでしかないんだから。極端な話、なにが起きるかわからないし、なんにも起きないかもしれない」

「おい、ふざけるなよ……、慶士の命が危険に晒《さら》されているっていうのに、それじゃ救いようがないだろ……！」

「いや、それを私に言われても。そもそも、慶士が助かるのはスーパー運が良ければの話だって言ったじゃん。なんなら、すでにどこかで悪霊に喰《く》われて終わってるパターンだって普通にありえるわけだし」

「終わっ……」

真琴が語る内容は正しくも残酷であり、理解はできるものの、心が追いつかなかった。

絶句する天馬に、真琴はやれやれといった様子で肩をすくめる。

「だから、いちいちそういう顔しないでよ。今言ったのはもっとも最悪なパターンで、他にもいろいろな可能性があるわけだしさ。物理的な対策ではないけど、それを考えることはできるんだよ……？」

「考える、こと……？」

「ってかさ、全然聞いてなかったみたいだけど、私はさっきからそれを何度も言ってるわけ。今の天馬にできることがあるとすれば、ありとあらゆる可能性を思いつく限り考えて、どんな場合でも臨機応変に動けるように、それぞれの心構えをしておくくらいしかないの」

「ありとあらゆる、可能性……」

「そう。そうやってあらかじめ想定しておけば、どのパターンに当たったとしても、慶士が助かるチャンスを逃さずに済むかもしれないでしょ。……ただし、さっきも言った通り、天馬がぼーっとしてたら絶対に無理」

「…………」

「ねえ、聞いてる？」

「あ、ああ。……いや、本当にその通りだと……」

「やっとわかった？　なら、今すぐ考えて。あんたはとにかく、考えて考えて考えまくって奇跡を手繰り寄せるしかないんだから。……じゃ、私は疲れたからちょっと寝る！　邪魔しないで！」

真琴は煩わしそうにそう言い捨てると、伸びをしながらその場を後にした。

一人残された天馬は、真琴に言われたことを頭の中で何度も繰り返しながら、改めて、自分が望んでいることの難しさを痛感する。

天霧屋を守りたい、誰も死なせたくない、そして、慶士に無事でいてほしい。

どれも、普段からごく当たり前のように望んできたことばかりだけれど、いざそれらが危ぶまれる状況に追い込まれた今、天馬は自分が抱えているものの大きさを、よりリアルに実感していた。

「弱気になってる場合じゃないな……」

天馬は押し寄せる不安を撥《は》ね除《の》けるかのように、拳《こぶし》をぎゅっと握る。

ただ、そのときの天馬は、「考えて考えて考えまくって奇跡を手繰り寄せる」という真琴の言葉に、思いの外強く支えられていた。

＊

その日の夜、限界まで考え尽くした末に寝落ちしたせいか、酷《ひど》く嫌な夢を見た。

それは、天馬のトラウマとなった、父親が死んだ日のこと。

暗い森、チラつく雪、白く広がる息。——そして、地面から現れた、巨大な首。

それらの光景は天馬の脳裏にシミのように張り付いていて、少しも薄まることはない。

「お父さん……？」

頭の中に響いたのは、幼い頃の自らの声。

これは夢だと、天馬にはわかっている。

これまでに何十回も、何百回も、同じ夢を見てきたからだ。

やがて、すっかり硬直してしまった天馬の前で、呪符《じゅふ》を手にした父が、首しかない不気味な悪霊へと向かっていく。

——大丈夫だ、信じて待ってなさい。

——やられたりするものか。お父さんは、天霧屋の祓師《はらいし》だ。

そのときの天馬を支えていたのは、父から繰り返し聞いた力強い言葉。

これまで、一度たりともその言葉に裏切られたことはなかった。

けれど。

次の瞬間、グシャ、と嫌な音とともに生ぬるい液体を浴び、天馬の視界は赤く染まる。

これは、父の血だ、と。

それに気付いたのは、目の前で体の上半分を食いちぎられてしまった父の残骸《ざんがい》を目にした瞬間のこと。

あまりに衝撃的な出来事に、居合わせた祓師全員が硬直する中、悪霊はそれらを煽《あお》るかのごとく、ボリボリと嫌な音を立てながらゆっくりと咀嚼《そしやく》をした。

天馬の夢は、いつもここで終わる。

なぜなら、その直後に、天馬は意識を失ったからだ。

そのとき受けた精神的ダメージは甚大であり、天馬にその後数日間の記憶はない。

ひたすら長い夢を見ていたような感覚はあったけれど、その内容もまた、なにひとつ覚えていない。

全身汗だくで、天馬は目を覚ました。

またあの日の夢かと、込み上げる吐き気を堪《こら》えながら、天馬は袖《そで》で額の汗を拭《ぬぐ》う。

昔は目覚めた瞬間にパニックを起こしていたが、十年以上もの間定期的に見続けているため、今は落ち着くまでにさほど時間を必要としない。

ただし、こういう目覚め方をした後にふたたび眠りにつけたことは一度もなく、天馬はいつも通り外の空気を吸おうと、着物に着替えて宿舎を出た。

思い立って菜園へ立ち寄ってみると、蓮たちが植えたと思《おぼ》しきトマトの苗が青々と葉を茂らせていて、気持ちがほっと緩む。

呪いのように蘇《よみがえ》る記憶を中和するには、こういう平和な生活の気配がもっとも効果的だった。

天馬はしばらく菜園を眺めた後、とくになにも考えず敷地内を歩く。

しかし、昨日あんなことがあったせいか、どこを見ても慶士との記憶を思い出してしまって、菜園で癒《いや》されたばかりの心がみるみる暗く沈んだ。

こんな夜に一人で出歩くのはかえって良くないと、天馬は諦《あきら》めて踵《きびす》を返す。——そのとき。

突如、上から異様な気配を覚え、見上げた天馬は思わず息を呑《の》んだ。

なぜなら、天馬の真上を、全身に青い炎を纏《まと》った見たこともない奇妙なものが過ぎ去って行ったからだ。

生物でないことは考えるまでもないが、感じ取れた気配は悪霊とはまったく違っており、その正体は想像もつかなかった。

とりあえず見失わないよう目で追うと、それは四足歩行の獣のような動作で空を駆け、山門あたりでゆっくりと高度を下げる。

どうやら下に降りたようだと、天馬は急いで後を追い、山門に着くと柱の裏に潜んで気配がある方を確認した。

すると即座に目に入ったのは、異様な気配を放つ、動物のようななにか。

それは、暗い中に炎を揺らしながらぼんやりと浮かび上がっていて、尖《とが》った耳をぴんと立て、大きな尻尾《しっぽ》をゆらゆらと動かしていた。

あれは、狐だ——と。

特徴的な見た目から、天馬はそう確信する。

同時に、前に真琴が話していた動物霊の説明が頭を過《よぎ》った。

『——動物霊ってさ、伝説にも残るくらいの強力な怨霊《おんりょう》が多いでしょ？　中でも狐は大昔から怖れられていて、大昔の陰陽師の文献にも、村を壊滅させたとか嵐を呼んだとか、桁違《けたちが》いの話がいろいろ出てくるわけ』

思えばあのとき、涼香に狐を降霊させて式神にしたいと奇想天外なことを言い出した真琴の話を、天馬はまともに取り合わなかった。

五百万という具体的な取引金額を聞いてもなお、現実のこととして考えられなかったからだ。

しかし、現に天馬の視線の先には狐の霊らしきものがいて、極めて異様な存在感を放っていた。

揺れる炎を見ながら、天馬の頭はみるみる混乱していく。

けれど、そんな最中であっても、絶対に明確にすべき疑問ははっきりと浮かんでいた。

それは、あの狐の霊は、涼香が降霊に成功した式神なのか、否か。

さらに、もし前者だと仮定した場合、扱っているのは涼香か真琴以外に考えられないが、真夜中にあんな物騒なものを連れていったいなにをしているのか。

今すぐにでも確認したいところだが、狐の霊が纏《まと》う気配には誰も寄せ付けないくらいの強力な圧があり、足を踏み出すことすらできなかった。——そのとき。

ふと、狐の霊の方からかすかに人の声が聞こえた気がして、天馬は即座に目を凝らす。

炎のお陰でかろうじて見える程度だったけれど、唯一確認できたのは、ひとつだけ、人影があること。

「真琴か……？」

思わずその名を呟《つぶや》いたものの、正直、あまり自信はなかった。

視界の悪さはもちろん、狐の霊の纏う気配が強すぎて、他の気配がまったく判別できなかったからだ。

そんな中、ふたたび小さく聞こえた、人の声。

それと同時に狐の霊は大きく尻尾を揺らし、いきなり空へと駆け上がったかと思うと、青い炎を揺らしながら一度大きく鳴いた。

なんだか、無性に嫌な予感がした。

狐の霊の放つ気配が、急激に荒々しくなったように感じたからだ。

天馬は空を見上げたまま、固唾《かたず》を呑んで様子を窺《うかが》う。

すると、狐の霊は天成寺の本堂の方へ向かってゆっくりと動き出した。

嫌な予感がさらに膨らみ、天馬は慌ててその後を追うが、狐は次第に速度を上げ、差がみるみる開いていく。

やがて、狐の霊は本堂の真上で止まると、今度は二度、鳴き声を上げた。

夜の静かな空に高い声が響き渡り、周囲の木々が大きく枝を揺らす。——瞬間、狐の霊はいきなり全身の毛を逆立て、纏っていた青い炎を一気に膨張させた。

辺りにパラパラと火の粉が降り注いだけれど、天馬は足を止めず、袖でそれらを振り払いながら本堂へ急ぐ。——そのとき。

狐の霊は大きく背中を反らして息を吸い込み、突如、本堂の屋根に向かって青い火の球を吐いた。

「なんなんだ、あれは……」

見たこともない現象にすっかり混乱する天馬の目の前で、火の球はゆっくりと降下していく。

それはさほど大きなものには見えなかったけれど、轟々《ごうごう》と不気味な音を響かせていて、そこから火柱が上がるたび、辺りに激しい熱波が吹いた。

あれが本堂に落ちたら、――と。

考えただけでゾッとし、天馬は無我夢中で走る。

しかし間に合うはずもなく、火の球は天馬の心配通り本堂の屋根に落ち、そこから勢いよく青い炎が上がった。

もはや頭の中は真っ白だったが、天馬は必死に走り続け、ようやく本堂へ着くと即座に濡《ぬ》れ縁の手すりに上がり、そこから無理やり屋根へ飛び移る。

そして、考えるよりも先に懐から呪符《じゅふ》を取り出し、青く燃え盛る炎へ向けて祝詞《のりと》を唱えた。

もちろん、呪符や祝詞が効く確証があったわけではない。

ただ、霊が放った青い炎が普通の方法で消せるとは思えず、なかば咄嗟《とっさ》の思い付きだった。

すると、天馬の思惑通り、祝詞とともに次第に炎は勢いを弱め、間もなく消失して細く煙を上げる。

一時はどうなることかと思ったけれど、幸いにも被害は屋根の一部のみに留《とど》まり、天馬はその場にぐったりと膝《ひざ》を突いた。

気付けば狐の霊の気配はすでになく、当然行方など知りようもないが、やや落ち着いた頭に浮かんでくるのは山門前での光景。

改めて一連の出来事を思い返せば、あそこで見た人影が、狐の霊に指示を出したとしか考えられなかった。

そして、そんな常識外れなことができる人間として、天馬に思い当たる人物など、一人しかいない。

「まさか……」

あそこにいたのは真琴だったのだろうか、と。

そう思い浮かべた途端、全身を巡る血がスッと冷えていくような感覚を覚えた。

信頼関係が構築され始めた今、天馬にとってあまり考えたくない推測だが、なにせ真琴に関しては、怪しい点が数えきれないくらいにある。

そもそも、真琴が来て以来あまりにも異常なことが起こりすぎているし、一人でいくらでも稼げる真琴がわざわざ天霧屋を狙う理由にも、天馬はいまひとつ納得がいっていない。

さらに、松尾の件で浮上した謀略説も、忽然《こつぜん》と消えた呪符のことも、真琴が関わっている可能性もある。——けれど。

心の奥の方では、どうしても確信を持てない自分がいた。

もちろん心情云々《うんぬん》ではなく、もっとも不自然なのは、狐の霊を使った時点で天馬が真琴を疑うことくらいは容易に想像がつくだろうに、わざわざ中途半端なボヤで収めたこと。

真琴が式神まで手に入れて天霧屋を本気で潰《つぶ》しにかかったなら一瞬で始末がつくはずだが、ここで止めたとなると、もはや自分の仕業であるとあえて疑いを持たせているようなものだ。

となると、真琴が犯人に仕立て上げられている可能性も考えられたが、しかしその場合は、あんな狐の霊を他に誰が扱えるのだという最初の疑問に戻ってしまう。

思考が同じところをぐるぐると回り、天馬はあまりのもどかしさに髪を乱暴に掻《か》き回した。

そのとき。

「うわ、焦げ臭……」

そう言いながら現れたのは、まさに疑いの人物である真琴。

固まる天馬を他所《よそ》に、真琴は屋根の焦げた部分を一通り見回した後、小さく肩をすくめた。

「よかったね。結構派手にやられた割に、たいした被害がなくて」

「……見てたのか」

「まあ、ちょっとだけ。いきなり妙な気配がして、出てきたら狐の霊がいるからびっくりしちゃって」

「お前、……欲しがってたよな、その……」

言い淀《よど》んだ理由は、言うまでもない。

犯人候補と言わざるを得ない真琴に対し、なんの準備もなしに核心的な質問をしていいものか、躊躇《ため》いが生じたからだ。

しかしすでに手遅れであり、真琴は天馬が言い終えるのを待たずに、こてんと首をかしげた。

「ほんとだよ。……マジで誰よ、私より先に入手した奴」

「……このタイミングで、山田さんの娘以外に可能性あるか？」

「涼香ちゃん？　でも、降霊術をするときは私も同席するって言ってあるし、もし勝手に降ろしたとしても連絡くらいくれるはずだよ。なにせ、こっちは五百万払うって言ってるんだから」

「…………」

聞く限り、真琴の声色から動揺は感じ取れず、誤魔化しているような雰囲気もなかった。

もちろん、その程度で疑いを解く程、天馬は単純ではない。

ただ、心の奥の方で、勝手にほっとしてしまっている自分がいるのも否めない事実だった。

そんな中、真琴は天馬の複雑な心境など知らぬとばかりに、いつも通り大きく伸びをした後、なにかに気付いたように宿舎の方を眺める。

「ねえねえ、それにしてもさ、あんなに異様な気配を放つ狐の化け物が襲ってきたのに、門下が誰ひとり出てこないってやばくない？　天霧屋の祓師《はらいし》、まじで終わってるじゃん」

「…………」

言われてみれば、あれだけのことがあったというのに門下どころか正玄の姿もなく、天馬は絶句した。

真琴はそんな天馬の反応を見て、ニヤニヤと嫌な笑みを浮かべる。

「まあ、最初から戦力外の面々のことは気にせず、次の襲撃に備えた方がいいよね。ってか、あの狐、次に現れたら奪えないかなぁ」

「……お前はのん気でいいな」

「拗《す》ねないでよ、面倒臭いな。さっきからやけに暗いし」

「謎の狐に本堂の屋根を焼かれたんだ。明るかったら異常だろ」

「それもそうか。明日になったら天霧屋は多分大騒ぎだろうしね。……でも、たいしたことなかったんだから、まずは喜ぶべきだよ」

「……うるさい」

「あと、天馬にとって喜ばしいことが一つあるとすれば、今回のことは慶士の仕業じゃないよ。なにせ、慶士じゃ到底扱えないから。狐の格は、慶士を騙《だま》してる悪霊の比じゃないし」

「おい、……頼むからもう黙っててくれ」

フォローしているように見せかけ、頭の痛い問題を次々と思い出させる真琴に、天馬は思わず声を荒らげる。

しかし真琴はまったく意に介さず、堪えられないとばかりに声を出して笑った。

天馬はそんな真琴を無視して屋根から下り、正玄に報告すべきか迷った挙句、結局止めて宿舎へ向かう。

昔の天馬なら考えられない行動だが、報告を先延ばしにしている件なら他にもある上、天霧屋など一瞬で燃やしてしまいかねない狐の霊を目の当たりにしてしまった今、天霧屋内での常識など、どうでもいいことのように思えた。

天馬は足早に歩きながら、まさに今もどこかで動いているであろう、誰かの謀略のことを思い浮かべる。

そして、もし、天霧屋の崩壊も犯人の目的の一つならば、――門下が次々と去った上に慶士も破門間近で、次期当主として名乗り出た真琴は疑惑《ひど》まみれ、さらに正統な血を引く自分はこの体たらくと、さぞかし順調なのだろうと酷く卑屈なことを考えていた。

本書は書き下ろしです。
この作品はフィクションです。実在の人物、団体等とは一切関係ありません。

祓《はらい》屋《や》天《あま》霧《ぎり》の後《こう》継《けい》者《しゃ》

降《こう》霊《れい》術《じゅつ》と幻《まぼろし》の狐《きつね》

竹《たけ》村《むら》優《ゆ》希《き》

令和７年　３月25日　初版発行

発行者●山下直久

発行●株式会社KADOKAWA
〒102-8177　東京都千代田区富士見2-13-3
電話　0570-002-301（ナビダイヤル）

角川文庫 24580

印刷所●株式会社暁印刷
製本所●本間製本株式会社

表紙画●和田三造

●お問い合わせ
https://www.kadokawa.co.jp/（「お問い合わせ」へお進みください）
※内容によっては、お答えできない場合があります。
※サポートは日本国内のみとさせていただきます。
※Japanese text only

ISBN 978-4-04-116040-4　C0193

角川文庫発刊に際して

角　川　源　義

第二次世界大戦の敗北は、軍事力の敗北であった以上に、私たちの若い文化力の敗退であった。私たちの文化が戦争に対して如何に無力であり、単なるあだ花に過ぎなかったかを、私たちは身を以て体験し痛感した。西洋近代文化の摂取にとって、明治以後八十年の歳月は決して短かすぎたとは言えない。にもかかわらず、近代文化の伝統を確立し、自由な批判と柔軟な良識に富む文化層として自らを形成することに私たちは失敗して来た。そしてこれは、各層への文化の普及滲透を任務とする出版人の責任でもあった。

一九四五年以来、私たちは再び振出しに戻り、第一歩から踏み出すことを余儀なくされた。これは大きな不幸ではあるが、反面、これまでの混沌・未熟・歪曲の中にあった我が国の文化に秩序と確たる基礎を齎らすためには絶好の機会でもある。角川書店は、このような祖国の文化的危機にあたり、微力をも顧みず再建の礎石たるべき抱負と決意とをもって出発したが、ここに創立以来の念願を果すべく角川文庫を発刊する。これまで刊行されたあらゆる全集叢書文庫類の長所と短所とを検討し、古今東西の不朽の典籍を、良心的編集のもとに、廉価に、そして書架にふさわしい美本として、多くのひとびとに提供しようとする。しかし私たちは徒らに百科全書的な知識のジレッタントを作ることを目的とせず、あくまで祖国の文化に秩序と再建への道を示し、この文庫を角川書店の栄ある事業として、今後永久に継続発展せしめ、学芸と教養との殿堂として大成せんことを期したい。多くの読書子の愛情ある忠言と支持とによって、この希望と抱負とを完遂せしめられんことを願う。

一九四九年五月三日

ISBN 978-4-04-106233-3